魅丽文化 花火
荣誉出品 花火工作室

魅丽出品　必属精品

再见薄雪草

少年

ZAIJIAN
BO XUECAO
SHAONIAN

张倍
（桃子夏）
著

湖南少年儿童出版社

图书在版编目（CIP）数据

再见，薄雪草少年 / 张蓓（桃子夏）著 . —长沙：湖南少年
儿童出版社，2011.5
  ISBN 978-7-5358-6498-7

  Ⅰ . ①再… Ⅱ . ①张… Ⅲ . ①长篇小说－中国－当代
Ⅳ . ① I247.5

  中国版本图书馆 CIP 数据核字 (2011) 第 052921 号

总 策 划：邹立勋
责任编辑：周　霞　刘艳彬
创意策划：曾状状
视觉创意：周　昕
特约绘画：米　沙
出 版 人：胡　坚
出版发行：湖南少年儿童出版社
地址：湖南省长沙市晚报大道 89 号　　邮编：410016
电话：0731-82196340　82196334（销售部）　82196313（总编室）
传真：0731-82199308（销售部）　82196330（综合管理部）
经销：新华书店
常年法律顾问：北京市长安律师事务所长沙分所　张晓军律师
印刷：湖南新华精品印务有限公司
开本：880mm×1230mm　1/32
印张：9
版次：2011 年 5 月第 1 版
印次：2011 年 5 月第 1 次印刷
定价：26.80 元

目录
CONTENTS

目录
CONTENTS

楔子

二十年后，他的日记

2029年6月29日，暴雨。

三周前的那个早晨，我跟同学一起走进高考考场。母亲因为乳腺癌死在手术台上，当时没有一个亲人在身边。

她独自抚育我，一生寂寞，连死亡都如此寂寞。

今天清点遗物时，在母亲装丝巾的抽屉里，摸到一个方形的盒子。是什么呢？她将它小心翼翼地藏在衣柜最深处，显然对它珍爱非常。

拨开缠住盒子的细软，只见一个蓝丝绒盒，边角磨旧了，没有Logo。我猜想，里面大概是首饰吧，打开它——竟然是一张照片。

边角发黄，淡去的颜色掩不住照片里男生和女生的青春。两人在教室里，女生羞赧地笑，脸颊的梨涡盛满甜美。我看着眼熟，惊觉：这不是母亲吗？

再看那男生，除了发型衣着旧式一点，轮廓眉眼竟然跟我有百分之九十相像。此时，风像鼓起腮帮子的孩子，一口气一口气，轻柔地吹起卧室的纱帘。

我用手指抚摩照片的磨砂表面，终于明白了，这是他们年轻的时候。

十几岁时的母亲和父亲。

我是遗腹子。爸爸过世后，妈妈一直没有再婚。从小到大，每逢爸爸生日忌辰，妈妈都会做满桌的菜，一口也不吃。只要我拿起筷子夹一块，她就会怔怔地望着我，眼泪忽地就淌落。当年的我总嫌她败兴，好好的一顿饭也能吃着吃着就哭了。

如今见到这照片，才发现林干妈说得没错。我的脸越长越像爸爸。

血缘真是奇妙，难怪每年在他生忌之日，妈妈看到我的脸，就会想起他。

照片背后写着几行字。

"滕司屿跟叶默宁要永远在一起，这是属于我们的小永恒。"

落款："滕"。

爸爸的字写得很好。我对他的印象几乎为零，活到现在这还是第一次见到他的亲笔字。

我将照片收回到那蓝丝绒盒里。原来放照片的那个地方，还有一张叠成方块的字条和一块小石头。普通的石头，颜色黝黑，不如雨花石光滑。拆开那字条，上面写着一首小诗——

大雨后的樱花坊　　一地芬芳
而我不能忘　　初吻的清香

噩梦的夜晚　　赶不走心慌
而我不能忘　　曾有你睡在身旁

念书的小孩　　回身孤独地张望
而我不能忘　　你说要给他父爱的肩膀

穿白纱的新娘　　期待蜜月的远方
而我开始想象　　天堂里与你相遇的模样
你依旧俊朗　　我白发苍苍
任岁月绵长
两两相望　　满地月光

纸张发黄，字迹褪色，应该是妈妈多年前写给爸爸的。如今他们在天堂遇见，是否"两两相望，满地月光"？

在这个下午，光阴流淌得极慢、极慢，我坐在她生前睡的床上，还能感受到她的气息。泪不知道是什么时候落下来的，止不住，竟如泄闸的洪水一发不可收拾，真是狼狈。泪光蒙眬中，我又拈起那块黝黑的小石头。

粗糙的石头，没有什么光泽，看不出有任何价值。

妈妈为什么要留着它，留了一辈子呢？

滕景生

Chapter 1
醒不来的梦

她抬头怯怯地看他，嘴角泛起一丝笑意，然后像只小兔子，轻轻柔柔地走了，留下一阵洁净的芬芳。

美得素净，让人心旷神怡。

绝望像入夜时迅疾垂落的漆黑天幕，撕破了这个脆弱的梦境。

【一】 她抬头怯怯地看他，嘴角泛起一丝笑意，然后像只小兔子，轻轻柔柔地走了，留下一阵洁净的芬芳。

2007年，夏。

"喏，又是一个你的仰慕者。"

浣熊把一个粉红色的信封扔在滕司屿的桌上。信封上粘着诱人的桃心，用脚指头想，也能猜到里面写着什么。

无非是——

"滕司屿学长，你好，我是某班的某某某，自从上一次在球场上看到你灌篮以后……"这样的信，每个月他都要收好几封。

夏天的教室热得像个蒸笼。司屿一觉醒来，满身是汗，他随手把信揉成纸团，嗖的一声扔进垃圾桶。浣熊跑过去一瞧，那纸团扔得极准，正中垃圾桶里唯一的空隙。

"啧啧啧！太没天理了！我一个都捞不着，你天天有女生送上门。"浣熊的真名叫王浣然，座位就在司屿的前排，硕大的黑眼圈分布在白胖的脸上，真是名副其实的"浣熊"。

司屿冷冷地瞥了他一眼，没说话。

校广播里插播通知，说是请初一到高二年级各班的体育委员、宣传委员和文娱委员马上到小礼堂开会。

同桌大龙推了他一把。

"哎，体育委员，还不去开会！"

浣熊撑着下巴，一边色迷迷地遐想，一边嘱咐司屿："各班文娱委员……啧啧啧，肯定有好多美女。喂，高一三班的叶默宁就是文娱委员，你记得帮我要她的QQ。"

司屿随口"哦"了一声。

浣熊急了："你真要帮我问啊，你自己对女生没兴趣，可不能误了哥们的事！"

中午一点半。

同学们陆续回教室准备上课。男生们玩球耍帅。女生们三五成群，兴奋地讨论SJ的演唱会，她们不是"妖精"就是"仙后"，不时爆发出一阵阵哄笑，引得男生们不住地偷瞄。男、女生阵营分明，老死不相往来，又好奇地互相观望。

在这个冒着粉红色泡泡的中午，浣熊的一句"你自己对女生没兴趣"，瞬间钻进了所有人的耳朵。好几个女生回过头往这边张望，半遮住嘴，低低地对同伴说："喂，你们刚才听到没……"

司屿毫不介意，站起来双手插入口袋，自顾自地去开会。

"我只是没遇到合适的，等真遇着了，我这一辈子只对她好。"

他是孤儿，由单身的养父收养至今。

无父无母的孩子，天生有感情上的洁癖。要么不爱，要么深爱。虚浮的感情纠葛，从来不是他的菜。少年精致的五官上，仿佛有一种洁净凛然的气息。女生们没骨气地忘记八卦，目光跟着他的背影走。浣熊冲那个背影愤愤地竖起中指。

"哼，这么臭屁？我倒要看看，最后是哪个女孩子降伏了你！"

开会的小礼堂在另外一栋教学楼。经过小卖部时，他摸摸校服口袋。

只有四个硬币了。

摊在手上，阳光下它们少得刺眼。如果买了可乐喝，晚上就连包子都吃不起了。跟老爸吵架赌气的下场，就是这个月没有生活费。司屿正郁闷，冷不防后面有人撞了下他的胳膊。

丁当……一连串薄薄的颤音。

硬币坠到地上，往四个不同的方向滚去。撞到他的胖女生冲他扬一扬手，说："对不住了啊，帅哥，我们急着去开会。"说完，停也没停就往前赶。

司屿没办法，躬身捡起救命钱，一个，两个，三个……在他拈起最后一枚硬币的瞬间，另一只手也触到了硬币的边缘。

她纤长的手指轻触到他的指尖。

陡然遭遇麻麻的电流，两人一怔，迅速地收回手。原来是刚才那个胖女生的同伴，见朋友撞到了司屿，停下来帮他捡硬币。

司屿抬头看。只见白皙的一张脸，温温柔柔地映入眼帘。

说不上很漂亮，但有一种美妙的气场隐隐存在，让你忍不住想多看几眼。女生的脸红了，习惯性地把发丝捋到耳后，言语带着紧张："对不起……对不起。"

眼波流转，顾盼生辉。

她抬头怯怯地看他，嘴角泛起一丝笑意，然后像只小兔子，轻轻柔柔地走了，留下一阵洁净的芬芳。

美得素净，让人心旷神怡。

直到广播里再次响起开会通知，他才缓过神来，急急赶到会议室，这时大家都已经坐好。辅导员发给每人一页"关于召开校运会的通知"，就开始慷慨激昂地召开动员大会。司屿一句都没听，他想，赌气归赌气，跟面包相比，面子问题只是浮云。

趁辅导员没有注意这边，他就躲在前排座位后，给老爸发短信："没生活费了，钱请打到建行账户上，××××　××××　××××　×××，户名是我。"

老爸上周来学校，在校门口的移动营业厅办了个新号码，当时他们爷儿俩正吵架，他只瞄了一眼，存都没存。生死存亡之际，可不能在这儿掉链子啊。司屿定神想了一会儿，吧嗒吧嗒摁下"158×××××67"，点击"发送"。

发送完这条短信，就等于向老爸投降了。

他怏怏地往后仰，有一句没一句地听台上的辅导员长篇大论，她说："校领导非常重视这一次的校运会，我们啊，要展现出当代中学生朝气蓬勃的风貌！这不仅仅需要各班体育委员大力动员同学们报名，更需要宣传委员的配合！这里呢，我想重点表扬一下高一三班的叶默宁同学。这一次校运会的前期宣传中，她配合校广播站做了大量工作。来，叶同学，你站起来让大家认识一下。"

教室里鸦雀无声，没人站起来。

辅导员的面子挂不住，又喊："叶同学，叶默宁。"

众人的目光像包围圈，集中在一个低头摆弄手机的女生身上，旁边的人悄悄捅了捅她的胳膊，女生慌忙站起来，习惯性地将一捋发丝，没出声，脸颊儿先微微泛红。咦，是她？靠在椅子后背上的司屿坐直了，怔怔地看着那女生。

是刚才帮他捡硬币的女生。原来她就是叶默宁。

司屿想起浣熊的交代，又喜又忧：知道了女生的班级和名字，追起来方便得多，可这是兄弟先看上的妞啊。就在默宁站起来的瞬间，手机嘀嘀作响，在安静的礼堂里尤为刺耳，司屿连忙低头，在前排同学密不透风的掩护下，一手遮住屏幕，留出一小块视野，打开了屏幕上的新信息。

14:05　06/06/07

发件人：158×××××67

臭臭臭骗子！

他有点囧。发错了？又核对了一次那个号码，尾数到底是"67"还是"76"，还真拿不准。司屿回过去一条："大姐，发错了而已，没必要骂人吧。"

发完后想想，对方不一定是女的，说不定是大叔装萝莉。

辅导员本来有点火，见着小姑娘楚楚可怜的模样，也就没追究。不似想象中甜美，默宁的声音有一点沙哑。清纯的一张脸，嗓音里却藏着那么多故事。后排的男生小声讨论，叶默宁的五官里到底哪点长得最好看。这奇妙的几分钟里，大家的注意力都拴在她身上了。司屿呈面瘫状靠在椅背上。

他的个性就是这么纠结。表现得越不在乎、越冷漠，动心就动得越彻底。恍惚间有魔力征服了他，宛如硕大的蛛网。他掉入其中脱不了身，又心甘情愿地不想挣扎。挨到散会，茫茫人潮中，他故意拖缓步子，跟在叶默宁和那个胖女生后面走。离下午第一节课还有十五分钟，从小礼堂回教学楼的路上，拥满散会的班干部。

爱情真是没有道理的东西。

看到有男生瞄她，他恼火得很，好像对方在打他女朋友的主意。如果有人路过时擦着她的肩膀，他恨不能一胳膊把对方撂倒在地上，狠狠警告："小子，你离她远点。"

滕司屿同学迅速进入角色。入戏太深，完全把自己当成了叶默宁的准男友。

离得这么近，他甚至能看到她耳廓上细细的绒毛，闪烁着若有若无的光。这是属于他一个人的，小小幸福时光。

胖是一种境界，不是一天就可以达到的。从小礼堂里出来，胖女生就果断地掏出牛肉干，边走边吃，一边拿着默宁的手机玩。

她说："你新换的号码是多少？我还没存呢。"

默宁报出一串数字。

司屿竖起耳朵听。

158……4……67。

快上课了，走廊上人超多，她的声音太小，他听到隐约的几个数字，有点耳熟。

胖女生玩她的手机玩得不亦乐乎，最后落到重点，打开默宁的收件箱，嘿嘿嘿笑得跟黄鼠狼似的，说："看看有没有野小子骚扰你……"

翻到第一页，胖女生的小眼睛倏地亮了，嚷嚷着："哟，还真有啊！"

有男生给她发短信？

打翻了醋坛子，司屿不爽地扯扯嘴角。

看来，情敌不少啊。

胖女生得意地作势要念短信。默宁着急地伸手去抢，说："你乱讲，哪里有什么野小子啊。"

"切，这还不算吗。"

默宁说："拜托，那个是骗子发的短信！"

把那条短信看仔细了，胖女生也觉得有点不对："是哦，真正想追你的男生不可能问你借钱。"

"就是嘛。"默宁又好气又好笑，"林簌簌！别闹，快到教室啦。"

不料林簌簌翻到了下一条，说："不对哦，如果他不认识你，干吗叫你'大姐'啊，还说是发错了，没必要骂人吧。"

一直竖着耳朵偷听的司屿心里咯噔一下。

等等，她们说的那条短信……怎么好像是自己发的？司屿绷不住了，回想起默宁刚才报的那几个数字，跟他印象中爸爸的手机号码……很像很像。

簌簌不相信是骗子，嚷嚷着："叶默宁，你肯定是偷偷交男朋友了，我连暗恋班长的事情都跟你说了，你居然有主了都不告诉我啊。嘿嘿，我要跟妹夫说说话。"

一边说，一边回拨号码。

糟了。

十八年来他第一次这么慌，迅速翻出手机准备关机，可一切都晚了。那熟悉而欢快的铃声与胖女生手中的手机配合得准确无误，手机用最大音量喜庆地提醒司屿："电话，电话，您有新电话！"

前面的两个女生同时回过头，林簌簌打量打量司屿，又回头看看默宁，恍然大悟，说："默宁，真的是他啊？！难怪走得这么近！"

默宁比谁都吃惊。

他和她两两相望，半晌，谁都没开口打破沉默。手机还在他手里不依不饶地喊着："接电话啦，您有一个新电话啦。"叶默宁的号码在屏幕上跳动，他想掩饰都没辙，脑海里只有两个字——

完了。

她一定以为我是骗子，这怎么解释得清——少年窘到极致，绝望像入夜时迅疾垂落的漆黑天幕，撕破了这个脆弱的梦境。

【二】 甜蜜如阳光下的肥皂泡，风一吹，就破了。

醒来，已是三年后的一个清晨。

滕司屿从King Size的大床上爬起，睡眼惺忪地站在水池边刷牙，镜子里的他是个快二十一岁的大学生，轮廓里少了青涩多了锐气。他调出手机日历，屏幕上黑底白字地显示着"2010年5月17日"。

今天是她十九岁的生日。

司屿颓然坐在床边，望着渐亮的天空出神。跟默宁交往了几年，感情一直很好，要不是几个月前的那场意外，他们绝不会协议分手。

分开的这几个月里，他抽烟、喝酒……司屿什么都学会了，而且每晚都梦见她的脸。

最后一次约会，选在学校的湖畔咖啡屋。那天她点了一杯最爱的咖啡。窗外湖光潋滟，她的眼底泪光隐约。店堂里光线柔柔的，她不说话，眉心微蹙，用小勺搅动着服务生端上来的咖啡。

像从一口深井里打起残存的水，他沙哑着嗓子问她："我们是'中止'还是'暂停'呢？"

她抬头看他，美目如星。

年少时外冷内热的毛病还在，他装作无所谓："我尊重你的决定。"说完，在心里狠狠骂自己：笨蛋，什么叫尊重她的决定？滕

再见薄雪草少年
ZAIJIAN BOXUECAO SHAONIAN

司屿，你该留住她，留住她啊。

她的手指微微一颤。小勺碰到瓷杯，咚地轻响。

他忍不住挽留："默宁，我跟你一样心痛。他死了，这事实改变不了，我们……"

"算了，先分开吧。"她还想说什么，张了张嘴，话语却跟眼泪一样堵塞在心里。那一个下午，两人对面而坐的剪影，沉默地定格在湖畔咖啡屋。

"这就是外国语大学选出来的美女？"簌簌把二十位入选女生的照片翻了个遍，"早知道我就混进去参加了。默宁你看看这个，还没你漂亮。"

这届"深港大学生风采之星大赛"由两地教育部门联办，奖励诱人，吸引了上万名美女报名。簌簌和默宁跟着学姐过来当志愿者。簌簌将几张照片推到默宁面前比了比，摇摇头："真没你一半好看呢。"

叶默宁埋头做女选手到场联络。

簌簌凑过去："听说没？乔安娜学姐想拉司屿过来当学生评委，打了一周的电话，他都没接。"

"哦。"

"她太笨了啊，要是叫你出马，司屿一定……"

"嘘。"默宁打量四周，还好，没人听见。

"我跟他分手了，别提他行不行？"

"提都不能提？至于吗？"簌簌白了闺密一眼。

当年滕司屿和默宁的恋爱在高中引起轩然大波，可谓爱得轰轰烈烈。感情那么好的两个人，说分手就分手，这三个月里，都当对方死了似的，一点音信都不给。滕司屿申请休学，神秘失踪。听说，他去亲戚开的公司里代任总经理的职位，真够绝。趁主管不在，簌簌用资料挡住半边脸，凑过来问："是他出轨了，还是你有别的想法了？"

默宁一副"大姐你别问了好不好"的表情。

她只得快快地开工。默宁埋头填表格，心绪早就被这一番追问打乱。

她从没那样爱过一个人，像扑火的飞蛾，全身心交付。她深信他也是如此，所以分手时才会那么艰难。换手机号码，删QQ，删MSN，删校内，删微博……删一切可以删的东西，可那又有什么用？

刻在心底的那个名字，永远也删不掉。

在湖畔咖啡屋，他问："我们是'中止'还是'暂停'呢？"

她用小勺搅动眼前的咖啡，说："算了，先分开吧。"

那一刻他眼里的失落，看得她好心疼。

他的"国王病"很严重，想要的东西，一定会弄到手。喜欢的女生，更是不可能放弃。高傲的国王明白祸从他起，放软了语气，又说："我给你三个月的时间。这三个月里，我们不发短信不打电话不见面，你好好放松一下。三个月后，如果你觉得恢复了，我们重新开始。"

如今，三个月的期限快到了，默宁凝望窗外渐渐垂落的夜幕。

一切，真的能重新开始？

晚上八点，这场美丽的较量即将拉开序幕。

有个叫欧阳莲道的女选手，在化妆时说口渴。饮水机上只有空桶，地上摆着一排备用水。找不到男生来帮忙，默宁捋起袖子自己搬。搬到一半，笨重的水桶哐当落下，险些砸到脚。

莲道的助理苏苏一个劲儿地催。

"我说你快点啊，别耽误我们家莲道比赛。"

她们跟默宁念一所大学。莲道是全校公认的美女。

"你过来帮我一把？"默宁实在是搬不动。

苏苏的眉毛都拧到一块去了。"要我搬？你们就这样招待人？"她的尖嗓门刺耳，旁边几个人纷纷扭头看向这边。

莲道咳一声，温柔地说："苏苏啊，别为难工作人员。我自己去买水吧。"

说完，带妆的她作势要起身。乔安娜忙按住她。

"姑奶奶，你妆都没化好。别动。"又训默宁，"愣着做什么？快搬！别因为这种小事耽误比赛！"

通过化妆镜的反射，默宁看到莲道的嘴角扬起得意的浅笑。

极隐约，转瞬就不见了。

"呵呵，好热闹啊。"

化妆室的门被人推开，来人一脸柔中生媚的笑，四英寸的高跟鞋踩得风姿绰约，韵味自然是二十岁小女生比不了的。女选手们一见她进来，纷纷起立，恭敬地唤一声"轻菡姐"。沐轻菡是知名影星，也是这次比赛的创办人之一。第一次见到她本人，默宁透过瞬间包围的人群望去——沐轻菡笑起来时柔和的侧脸，让她生出一丝亲切感。

像是上辈子就认识。

费了九牛二虎之力，终于把那桶水扛了上去。默宁有成就感地抹汗，没发现沐轻菡早已走到她身旁。

"擦擦汗。"大明星主动递给默宁纸巾。

默宁受宠若惊地接过，连忙说谢谢。

"出什么事别自己扛着，这事就让男孩子来做，我不想你太辛苦。"沐轻菡笑起来真美，笑意似水面的涟漪，一圈一圈散开。这笑意感染了默宁，她像是困在梦境里，失去了判断的能力，只能浸没在那笑容里，不由自主地点头说好。过了一会儿才觉得不对劲，"我不想你太辛苦"这样的贴心话，熟人之间才会说。

一贯嚣张的主管乔安娜在沐小姐面前，也毕恭毕敬。

"这是今晚的流程，请您过目。"乔拿过流程表。沐轻菡心不在焉地略扫几眼，余光跳过乔安娜，怔怔地落在默宁身上。

她不能在人前显露一丝一毫与叶默宁的关系，八卦小报记者神通广大，哪怕是一丝丝的流露也可能被描黑。

她比藤司屿更加明白他所描述的那份心情。他曾说，他对叶默宁的爱是小小的，闪着隐匿的光，像微小的宝石，纵使微小也能燃烧，燃烧成一团炽烈的焰火。她又何尝不是一颗细微的宝石，她已经烧起来了。很多话，也是说出口的时候了……

离开场还剩十九分钟。

评委和观众都已落座，直播人员正在做最后的调试。默宁路过评委席，沐轻蔺叫住她："默宁，帮我去化妆室拿一下披肩好吗，灰色真丝的那条。"

默宁一进化妆室，就见沙发上的一个人突然站起来："默宁，真的是你？"

她听人说，司屿休学后，方芳特意从香港回来，给他当秘书，处理公司事务。以前高中部传过方芳喜欢司屿的流言，看来不是假的。

"司屿也会来，他是今天的学生评委。"方芳说。

默宁好像没听见，只问她要不要喝水。

方芳索性说："他还是喜欢你。这么冷漠的人，只喜欢你。"

"其实他不冷漠。"

"可是只对你温柔。"方芳妒忌，"这几个月来，他魂不守舍，以前滴酒不沾，现在隔三差五借酒消愁。你们感情那么好，怎么说分手就分手呢？你去哪儿再找一个这么好的人？"

方芳放弃了念大学的机会去滕司屿的公司帮忙，在他身边守望了几个月。除了处理公司事务，他连看都没有多看过她一眼。她真是恼恨，如果还有感情，他和叶默宁就不该分手，不该制造这种"单身"的假象，引她跑回来守在他身边，以为还有机会。

"对不起。"

"你没有哪里对不起我。"方芳也觉得自己跑过来追问很可笑，"叶默宁，我输了，我输给你了。你在他心里的位置，这辈子都没人能取代。既然感情深，还分什么手？"

默宁沉吟道："你这么年轻漂亮，会遇到更好的男生。"

"我知道！"方芳倔起来，"我只想要个答案！"

人人都想要答案。揭晓这个答案，对叶默宁来说，却是最残忍的惩罚。她早就发过誓，这一辈子，要让这个秘密烂掉、烂掉，烂在心里。

再也不要提起。

"痛快点吧，我不是要和你抢他。"方芳说得动情，恍惚间听到默宁轻轻地答道："离开，是不想再做噩梦。"

"你……说什么？"她以为听错了。

默宁僵硬地坐着，掌心出汗。如果真有灵魂，如果抵达生命的尽头时，人人都要与自己的灵魂席地而坐，谈谈这一生最爱的是谁，最对不起的是谁，那她和滕司屿最对不起的，一定是"那个人"。

她推说要去送披肩，可刚逃出化妆室就被人叫住。

"默宁？"

因为方芳在电话里一句不经意的"在会场看到个女孩子，背影像是默宁"，滕司屿立刻抛下公司会议赶来。

她的脚步停住，停了两秒，反而疾步往前走。

"喂，你等等！"他追上去。刚一过拐角，乔安娜神奇地出现，她大喊："滕司屿？！你终于来了！"立刻指挥两个男志愿者，不由分说将滕司屿架走。

"啧啧啧，就差你一个评委了啊。"

司屿不甘地回头，默宁的背影消失在拐角。

他黯然地叹气，俊美的侧脸上，失落显而易见。乔安娜在一旁看得出神。这个死男人，叹个气也能帅成这样，耍大牌果然是有理由的。

沐轻菡心事重重地坐在评委席上。最近发生了太多事。她总有预感，自己随时可能遇到危险。危机感越重，想跟默宁说清楚的愿望就越强烈。簌簌坐在不远处看着她的样子，凑到默宁耳边八卦："你看看沐轻菡……啧啧，大明星装什么忧郁啊。"默宁的目光随着簌簌的描述望去，映入眼帘的却是滕司屿的背影。

他坐在评委席正中央，从后面只见干净的短发和颈项。她挪不开目光，就这样痴痴地望了他一整晚，隔着三排座位的距离。那真对得起"痴痴"两个字，深沉又绝望。

不断想起他站在楼下等她的样子。

那时她念高二，他念高三，离考试还剩三个月。她每天清晨六点便会收到短信："宝贝，我在你家楼下。"她急急地起床刷牙洗脸，背好书包下楼。

正值春季，一年中樱花只爱繁盛于这一季。

她始终记得他说，爱似樱花。

盛开得短暂，但真正地美过一回，就是值得的。他坐在楼下樱花树边的椅子上等她，手上捧着试卷集在看。厚厚的一沓卷子上记满要点。

"你想考什么学校啊？"

"S大。你将来也要考那个学校。"他说，"这样，我们就能天天去看海了。"

她神往，又很担心考不上，年少时的忧愁像深灰的丝线，一直闩住心窗。

相处三年，有一次，为了"先过马路还是先去买奶茶"，两人吵得撕破脸。

司屿一点也不让着她，愤愤地说："就你们女生最麻烦，麻烦死了。"

默宁正在气头上，说："嫌我麻烦？好啊！分手！以后再也不麻烦你了！"

少年怔住，面色苍白。

半晌，他喃喃地说："没想到你是这样的人。"

她看着他失落的眼神，气消了一半，强忍住笑，问："我是怎样的人？"

他真的生气了，一本正经地说："你一点也不认真。既然喜欢了，就要坚持下去，不管怎么样也要坚持下去，怎么能随随便便就说分手？"

　　说着这些话的少年，脸颊上的白色绒毛透着微光。

　　倔犟又可爱。

　　还有那个周末，他们想不出约会节目，担心在步行街瞎晃会碰到学校老师。他说："那不如来我家吧。我弹琴给你听。"

　　去他家前，她紧张得想逃跑，进门后却发现，根本没有家长在。在航空公司工作的养父一直未婚，一周有大半时间不在家。

　　一百四十五平方米的公寓，空寂得像楼盘样板房。

　　她好奇地问："谁做饭给你吃啊？"

　　"我自己。"

　　"你会？"

　　"人都是被逼出来的。我也希望有妈妈做好吃的饭菜，可惜没那种命。"说着，他把切好的冬笋放进锅里。翻炒动作娴熟，根本不像一个十几岁的男生。

　　冬笋脆嫩，刚好去除腊肉的油腻。麦菜拌炒鲮鱼，口感鲜香爽脆。

　　两人在餐桌边面对面坐着。

　　她迟迟不动筷子。

　　"怎么，不好吃？"他担心地问。

　　她问："司屿，你的亲生父母是谁呢？他们还在吗？"

　　筷子在空中停了一下。

　　他说："滕伯伯，也就是我的养父，告诉过我，妈妈被爸爸抛弃后，一个独身女人养活儿子太难，就把我送养了，之后再没有下落。"

　　"或许有一天，你妈妈会回来找你。"

　　他失落地笑，说："不，她不会回来了。小时候，每到幼儿园下课的时候，所有孩子都会趴在玻璃门上等家长。看到门口出现大人的身影，大家就喊：'某某某，你爸爸来接你啦！'

　　"有家长接的孩子，特别骄傲。家长没来的孩子，总担心爸爸妈妈不要自己了。他们都有人接，只有我，总是留到最后，由老师送回家。后来，我就常常做梦，梦里面自己还是个孩子，坐在黑暗的幼儿园里，一直等，一直等。一直等到过了十六岁，就再也没做过这个梦了。"

"为什么不等了？"她问。

他说："一个人如果真想见你，别说一年，就连一天、一小时、一刻钟都不能等。她十六年都没回来找我，可见……死心的那天，我发誓，将来找到自己喜欢的人，一定要好好对她，不让她等，不让她失望。我太了解那种苦等的感觉，太绝望。好在，我现在有了你。这个世界上，好歹有了个真正的牵挂。"

说完，把腊肉挑到她碗里。

他竟像没有安全感的孩子，迟疑地问："默宁，你不会离开我吧？"

"嗯。"

"那就好，我等了好久好久，才等到你。"

她没有说话，扒拉着饭粒。泪跟饭粒一起咽下肚。她在心底发誓，绝对不会再随口说出"分手"两个字，不会把他一个人扔在等待的黑暗里。

甜蜜如阳光下的肥皂泡，风一吹，就破了。

三个月前，是她亲口说要分手。

她背弃了誓言。

【三】这久违的温暖，让他在瞬间分了心。

"女士们先生们，今晚的冠军就是……"一阵紧张的鼓点，将默宁的思绪拉了回来。

主持人兴奋地宣布："七号选手，欧阳莲道小姐！"

台上台下迅疾地淹没在掌声的潮汐里，莲道喜极而泣。她二十岁，家世好，姿容明艳，一袭小红裙更是衬出她凹凸有致的火辣身材。

这些热闹与叶默宁无关，她早早地回到后台，将脸埋进掌心。沐轻菡在身后轻声问："你哭了？"

"冷气太大，有点冷。"她找了个差劲的理由。沐轻菡帮她披上丝巾："不要冻坏自己。"

"谢谢。"默宁很惊讶。

沐轻菡沉吟。

她有话想说，可这里人太多，不知怎么开口。突然电话铃声打破了尴尬。致电人显然地位非凡，沐轻菡心情大好，跟默宁道别，赶着去赴约会。

女选手们纷纷回到后台。刚才，得了冠军的莲道在颁奖礼上请求滕司屿给她一个拥抱，结果，对方冷面地说，不必了吧。

让她碰了个大钉子。

大家都想，这下莲道肯定气死了。谁知，她跟一众选手合影完，仍回老座位上卸妆。

完美得像面具的脸上，没有丝毫不悦。

化妆室里十来号人各忙各的。气氛微妙。

乔安娜的助理花花闯进来，大喊一声。

"叶默宁！滕司屿是你的前男友？"花花恨铁不成钢，"这样的大金龟，你怎么让他跑了？"

大家闻言一怔。莲道的眼妆卸到一半，假睫毛沾在眼皮上，黑黢黢的，脸色比巫婆更阴沉。

花花一直觊觎滕司屿的"美色"，羡慕得口水直流。

"默宁姐，快说说，快说说，你当年是怎么追到滕司屿的？"

簌簌早就忍不住了。

"这事我最清楚了！咱们都是一个高中的！"她将当年滕司屿追默宁的事情绘声绘色地说了一遍。

大家都不敢相信。

"什么？！是他先表白？！"

簌簌证实道："真是滕司屿苦追我们默宁。"接着又绘声绘色地比画，"为了追她，司屿在食堂守了一个月。"

"哇——"众人惊呼。

簌簌对这样的轰动效果很满意。

"滕司屿对她一往情深，是标准的二十四孝男友啊！提开水帮打饭图书馆占位置，过节还扮圣诞老人送礼物！"

花花想不通。

"默宁姐，他对你这么好，为什么要分手？多可惜啊……"

众人起哄："就是就是。"

莲道很淡定，边卸妆，边饶有兴致地听大家八卦。

苏苏忍不住说："叶默宁，前男友这么出色，你心里一定还想着他吧。"

默宁想了想。

"都过去了。"

"可是你们的感情还在啊。"簌簌也想趁这个机会把默宁的心里话逼出来，"不如复合吧，只要你主动点……"

她越说越没谱，默宁耳根发热地打断她："瞎说，什么复合。他交什么女朋友遇到什么样的人都与我无关。"

众人哑然。

滕司屿也没想到，旁人开起他们之间的玩笑时，她会如此激动。如果不是刚好在推门而入的时候听到这决绝的告白……他仍在做梦。

做着一相情愿的梦，做着再续前缘的梦。

他收起热切的心，换回冷漠的面孔。

默宁面色惨白地站在那儿，像一个快要融化的雪娃娃，一言不发。滕司屿与默宁擦肩而过的瞬间，半点儿余光都没有落在她身上。他跟乔安娜道歉。客套话，无非是来晚了不好意思。又说，公司还有事，先走了。

乔受宠若惊地点头说好。在这么多女生热切的目光中，滕司屿只跟她说了话。乔骄傲地瞥一眼默宁。除了簌簌，其他人都认定刚才的"前男友"之说是个虚荣的谎言。人家滕司屿明明看都没有看她一眼啊。

好几个女孩子已经向默宁投去了鄙夷的眼光。

助理方芳在门外等着，滕司屿跟乔安娜寒暄几句，突然被莲道叫住。

"滕先生，请等等。"莲道几步走到他面前，指着默宁问他，"这儿有一位您的故人哦。咦？怎么？你不认识她？"

化妆室里的众人都认定，叶默宁刚才是在吹牛，她太倒霉了，刚吹完牛就被当事人捅破。

行为让人鄙视，但大家也不会故意揭穿。

滕司屿抬手看表。

"我还有事。"

"哎哟，给点面子嘛。"莲道上前撒娇，"人家只是想确认一下啦，刚才有人吹牛，说自己是你的前女友，你来认认，她是不是啊？"

"杯具"。

房间里的十几号人都替默宁想到了这个词。

刚吹完牛就被人拆穿，真是"杯具"中的"杯具"。

"滕总，还差二十分钟会议就开始了。"方芳在门口催，滕司屿点点头，走到默宁身边，牵起她的手。默宁下意识地想抽回来，哪知被他捏得好紧好紧。

她抬头瞪他。

他趁势揽住她的肩膀，说："好了，不要闹了，等会吃饭去吧。"

众人在心里哇哇尖叫。

牵手，揽肩，外加吃饭！

叶默宁也太低调了吧,这哪里是前男友?根本就是热恋进行时!

大家不禁有点"同情"莲道。相比默宁的低调,莲道刚才的故意"戳穿",就显得太小家子气了。

司屿风度安然,默宁清雅恬淡。

两人站在一起,颇有些神仙眷侣的味道。花花感慨地说:"默宁姐,你们好配哦。"

莲道竟然也附和:"是啊,滕司屿,你跟你女朋友真配,不过呢……"她话锋一转,"女朋友性格好,也是件麻烦事。我看到啊,今天她跟一个男实习生就挺聊得来呢。呵呵。"

这句话的意思可深可浅。

一般的男生肯定会想,这不是在提醒他,女朋友有红杏出墙的可能吗?

化妆室里的气氛又尴尬了起来,大家本来都不熟,既不想得罪莲道,也不想得罪滕司屿,于是,所有人一下子都不说话了。

默宁周围的朋友大多数心地宽厚,她还是第一次遇到莲道这样咄咄逼人的女孩子。今天的实习生那么多,她跟任何一个说话都超过三句,而且都是工作上的事情。默宁会忍让,但绝不懦弱。

"没办法。好女生,人人都喜欢。"司屿居然先开口。

她感激地回头看他。

揽住她肩膀的右手愈加用力,他难得地微微一笑:"追她的时候就很难,现在稍不留心,还是有人打她的主意。看来,以后我要更疼自己的老婆。"说完,将默宁搂入怀里,安慰道,"别生气了,走,我订了座位。"

两人的背影消失在门口。

化妆室里静悄悄的。

十几个女孩子屏息好几秒,才懵懵懂懂地醒过神来,一个个地叹,好羡慕啊,这么好的男朋友……

只有簌簌抱着胳膊坏笑。半小时前,她给滕司屿发的那条告密短信"默宁在化妆室里",果然没有白发。

一出化妆室，他脸上的温柔一扫而空，直接切换到国王扑克脸。

夜风那么凉。

司屿脱下外套，披在默宁的肩膀上。她轻轻推了回去，说："谢谢。"

他非要给她披上，自己穿着单薄的衬衣站在瑟瑟的夜风里，侧着脸冷冷地问："那个男生是谁？"

默宁满头雾水："什么男生？"

他没有转过脸来，挎起胳膊望向远方。司屿每次心里没底的时候就会这样，又不好意思说"老子吃醋了"，于是咳了一声，仍是冷冷地道："就是今天跟你说过话的男生。"

"说过话？"默宁想也没想就说，"那也太多了吧，至少二十个。"

二十个？

司屿彻底怒了：叶默宁啊叶默宁，咱们现在又没有正式分手，不是还有复合的机会吗？！你……你……你怎么能……他强忍着将头顶就快要爆发的小火山压了下去。在大街上发火有失身份，他咳了咳，"冷静"地又问："那，你觉得那二十个怎么样？"

"你吃醋了？"她故意问。

"用得着吗？"他白了她一眼，帮她捋了捋快要滑下肩膀的外套。手指轻触到她的肌肤，这久违的温暖，让他在瞬间分了心。

默宁看到他变脸，却放心了。

对，这才是滕司屿。

国王派头，难伺候又傲气，看上去成熟，其实比小孩子还爱吃醋的滕司屿。

她笑着说："哪里有什么男生故意找我说话，都是工作上的往来。"

他"哦"了一声，脸上没有流露出半点喜悦的神色，装作无所谓的样子："反正三个月的期限就要到了，到时候你还是我女朋友，一辈子别想跑。"

换做以前，默宁一定会毫不留情地揪他的耳朵，说："臭美了你，我还没答应呢。"

可是……

此情此景下，她没有揪他的耳朵，也没有故意装生气。她第一次知道，月光比夜风更凉，凉凉的月光打在她的手背上，像极了仓促间自眼中滴下的泪。

她笑，笑容那么悲伤。

"如果真要在一起，哪里要什么三个月的期限，坚持下去就是一辈子。"她放低了声音，嗓子哑哑的，"可是对不起，我坚持不下去了。"

这一次，滕司屿转过了冷傲的侧脸。他原地踱了几步，转过身轻轻扳住她的下巴，质问道："你当初不是答应过我，只分开三个月吗？"

"这三个月的时间里，我想清楚了一件事情。"她说，"发生了那样的事情，我们还装作若无其事地继续在一起，那太虚伪了。与其是那样，不如彻底分开吧。"

他的眸子变暗。原来……原来跟他在一起就是虚伪！是羁绊！不如分开来自由！

"那好吧。"他说，松开了羁绊她的手。

只有上帝知道，那一刻他的心有多疼。

银色奔驰汇入幽深的夜色。

方芳从镜子里瞥一眼后座的滕司屿，他始终黑着脸。夜这么深，叶默宁宁愿一个人去马路边拦出租车，也不愿意跟他们同车。

"你觉得默宁有没有变化啊？这么久没见了。"方芳故意试探道。

"送我回公司。"他冷淡地看着窗外。

"其实，你们之间的感情还在，我今天看到她对你也很在意。"

"真的？"他立刻转过头，"你从哪里看出她还在……在意我？"

方芳又好气又好笑。

"你当评委的时候，她就坐在你后面不远处，视线一直没离开过你。"

"真的？"

"当然。"

滕司屿装作若无其事地转头继续看窗外，一丝隐匿的喜悦从他的眼角眉梢悄悄地流出，越来越多，越来越浓，终于，淡淡的笑意绽放在唇边。

真像个孩子。

在工作中冷漠得不近人情的他，唯有这一刻，开心得像个孩子。方芳安慰自己，得不到他的青睐，看到他开心也不错。滕司屿真是世界上最难追的男人。当年她在学校里死命追他时，滕司屿从来没有正眼看过她。现在她成了他的秘书兼司机，也是纯粹的上下属关系，一丁点的暧昧都没有。

这个死男人，他的所有柔情，真的都在叶默宁身上用完了。

车子经过本市最高的摩天轮，他凑近窗子，偏低的角度让摩天轮的顶端看起来遥不可及。几年前，正当他们感情最好的时候，五一黄金周，两人手捧爆米花去坐摩天轮。快要转到顶端时，她不怕死地想打开舱门吹吹风，吓得他连脸都白了，狠狠将她按在座位上，威胁道："敢开舱门就把你扔下去。"

默宁一点也不怕，她说："你舍不得。你这么喜欢我，怎么舍得？"

也就是在那一刻，从来没考虑过"分手"这字眼的司屿，对"失去"的恐惧变得再真切不过。这个叫默宁的女孩，娇弱却并不柔弱。

　　这份感情里，她才是真正的主宰者。

　　他摁着她肩膀的手，渐渐放松，未等她吃爆米花，嘴唇压上她柔软如花瓣的嘴唇。她本能地想把他推开，可是不行啊，娇小少女怎敌得过一个大男生，很快地，初吻的美好将她卷入更深的情愫里。

　　摩天轮渐渐转到顶点，他放开她，故意问："如果有一天你烦我了，不想继续交往了，你会怎么办？"

　　她还没从刚刚那个吻中醒来，想也没想地揶揄道："国王陛下，你的被害妄想症又犯了。"

　　"那，你就当不是我，如果你哪天烦某个家伙，特别想甩掉他，你会怎么办？"

　　她偏过头，想了想，说道："嗯，我会不跟他联系，让他也联系不到我。"

　　这句话司屿一直记得。三个月前，当她删掉他的QQ和MSN，电话号码永远打不通时，他彻底明白：她将他从自己的世界里删除了。

　　嘟。"对不起，您拨打的电话号码是空号。"
　　是空号。
　　是空号……

　　他记得电话录音残忍的提示，更记得她的泪。

　　分手缘自一次雪地登山活动。几个月前，他和几个同学相约去爬雪山。默宁的弟弟叶君澈也撒娇要跟去。登顶很顺利，下山时，一场无法预知的意外，让司屿不得不放弃小澈，把他一个人留在山上。以当时的天气情况来看，留在山上的人，只有死路一条。司屿脱险后恳求搜救队启动应急程序，可最后连小澈的尸体也没找到。

　　万般无奈下，他只能一个人回来，告诉默宁和她的爸爸妈妈：叶君澈在下山的时候出了意外，回不来了。默宁和她的爸爸妈妈当即怔住。

获救的队员们事先约定，谁也不会把叶君澈真实的死因说出去。

他没有瞒她，一五一十地说了。

默宁的父亲老泪纵横，母亲哭得几近昏倒。他们中年得子，将这个宝贝儿子看得极重，怎么知道会出这样的事？

雨滴冰冷，她的眼泪滴在他的手背上，温暖沁入皮肤。眼神中涌出潮汐一般的哀伤，恨恨地谴责——

"他是因为你的决定才死的。"

"你有没有想过，将来会天天做噩梦，良心不得安稳？"时隔几个月后，默宁可以理解他当时的处境，却不能"装作若无其事"地继续与他交往。

摩天轮消失在夜幕里，司屿往后仰躺在靠背上，合上疲惫的双眼。

【四】 他的笑容极冷、极冷，像一团迷离的雾气。美丽，但有毒。

默宁换上素净的衣裳，跟在王警官身后，走过阴森清冷的走廊。

太平间没有时针滴答，永远是傍晚。

王警官拉开一个长抽屉。冷气如白烟刺刺地往外冒。默宁捂住口鼻，往后退两步。

"是不是他？"王警官问。

被冷冻的尸体身份不详，上周被人在雪山上发现，登山包里没有任何可以证明遇难者身份的资料。

她摇摇头。

"哦。"王警官将尸体推回冷冻柜，"白忙了。不过没消息就是好消息啊。"

太平间的气息腐朽阴郁，出去后，默宁在垃圾桶边吐，王警官递上纸巾。

"谢谢。"

"如果一直找不到他，你会怎么办？"

三个月前，叶默宁的父亲来报人口失踪。失踪的男生仅十六岁，容貌清秀，五官精致。这几个月里，只要有失踪人员的消息或无名男尸，王警官都会联络默宁前来认一认。可惜，已无数次落空。

"找不到的话……"她摇摇头，"那就继续找。"

王警官提醒她："在那种情形下，除非发生奇迹，不然，不可能活下来。"

默宁苦笑道："我相信奇迹的存在。"

正午阳光炽热，默宁走路去公车站，没走多远，见马路对面走过一个高高瘦瘦的身影。

那孩子看上去不到二十岁，留黑色短发，下巴尖尖的，整个人套在一件白外套里。远远望去，那身形、那侧脸的轮廓……简直……

她定在原地，震惊地看着他。就连他走路的模样，也简直跟小澈一模一样。他走了几步，停下来拦了辆出租车。

"喂！等等！"

脑子里轰地一响，她不顾现在是红灯，急急地往马路那边赶。

"叶君澈！叶君……"

没用，声音淹没在车流里。眼睁睁看着对方上了出租车扬长而去，默宁一个人呆呆地伫立在路边，汗水无声无息地自额角淌下来。那汗是冷的，手脚也冰冰冷冷。惊愕过后，她极力回想刚才看到的每一个细节。

刚才那真的是小澈吗？

如果他真活着，为什么不回家？

"先生，对面那女孩子好像在喊你。"出租车司机提醒他。

　　隔着车窗，纪尽言随意瞄了一眼马路那边，没见到半个熟面孔，坐定了，道："去×××酒店。"

　　司机一边开车，一边从后视镜里打量这个男孩子，忍不住说："您是不是明星？"

　　"明星？"

　　"自来熟"司机说："是啊，我看你啊，特别像我女儿房间里的明星海报上的一个人，就是那Super……"

　　"Super Junior？"

　　"啊，对对对，就是这名字。"

　　尽言笑了笑。他的脸比一般女生更清秀，梨涡浅浅地挂在嘴边，说不出地温暖甜美。他说："快点，师傅，我要迟到了。"

　　这次司机噤声，一踩油门专心开车。

　　足足十分钟后，他从后视镜里打量这个比女生更漂亮的乘客时，多了一份疑惑。没错，这孩子的笑看上去是温暖的，笑容背后却有一种说不清道不明的东西。

　　极冷、极冷，像一团迷离的雾气。美丽，但有毒。

　　街景一帧一帧掠过尽言的视野。

　　纪尽言的手机上网浏览记录，停留在那则某女星遭遇车祸身亡的消息上。窗外的景色再美，也不能入他的眼。司机从后视镜里打量这位古怪的乘客。他好像在说什么，没有声音，只感觉到微弱的气息。

　　司机永远猜不到，从纪尽言嘴里吐出来的那个名字是——

　　沐轻菡。

Chapter 2

想念默如尘埃

日光之下，雪白的花瓣微微发光。他恍惚间想起多年前她的脸。那一张无数次萦绕于梦境的面容，也像这花瓣，在时间流淌的罅隙里，寂静地，微微发光。

【一】　整个世界沉入触不到底的寂静中。人潮，车流，无关爱情的一切都消失，化作渺渺尘埃。

　　想给家里打电话报消息，又怕是自己看错，害父母空欢喜一场。

　　默宁六神无主地回到学校。远远地，只见女生宿舍楼下人头攒动。待她走近，十几个记者围上来，"长枪大炮"咔嚓咔嚓拍个不停。

　　"叶默宁小姐？"

　　"你和沐轻菡小姐是什么关系？姐妹？还是别的特殊关系？"

　　"继承了沐小姐的遗产是不是让您一夜暴富？"

　　默宁满头雾水，一概不答。什么遗产？什么姐妹？

　　这都是哪门子的关系，她跟沐轻菡只有一面之缘而已。在校保安的帮助下，默宁终于逃回了寝室。室友一见她回来，比记者更八卦地全围了上来。

　　"哎呀，大富婆回来了？"

　　"叶默宁你太不够意思了，有明星亲戚也不告诉我们！"

　　"就是啊，默宁，快说说，这次你分了多少钱？"

　　大家七嘴八舌。默宁满脸困惑，完全不明白发生了什么状况。寝室长簌簌将她拖到电脑边。企鹅娱乐频道首页赫然出现两行大字："知名影星沐轻菡车祸身故，亿万家财赠与神秘妙龄女。"刚才在楼下叶默宁茫然的大脸照，已经被网站编辑发到了首页上。

　　寝室众姐妹感慨。

　　沐轻菡昨晚被一辆白色小车撞死。司机醉驾，承担事故全部责任。一桩普通交通事故，因为沐轻菡的明星身份，被炒得沸沸扬扬。更有人爆料，沐轻菡不过二十八岁，今年年后突然跑去立遗嘱，将大部分遗产留给叶默宁。

　　大家都觉得奇怪：二十几岁的人，立什么遗嘱？

"总不可能无缘无故对你好吧？默宁，你跟她到底是什么关系？"簌簌问。大家围在旁边听八卦。

沐轻菡她死了？

默宁只在"大学生风采之星大赛"上与她有过一面之缘，根本就没有其他的联系。原来，当时的沐轻菡，已经在遗嘱里写了她的名字。

如果消息是真的，对于穷学生娃来说，得到一大笔遗产绝对是天上掉馅饼的美事。可回忆起沐轻菡像水波一样漾开的笑，默宁隐隐惋惜。

红颜，为什么总是薄命？

"滕总，会议时间定在下午两点。香格里拉酒店。"新来的秘书小菲打扮得千娇百媚，斜倚在办公室门边。她研究过了，这种姿势最吸引成功男士。

"哦。"滕司屿头都没抬。

小菲不甘心，又发嗲："滕总，您窗边的那盆仙人掌，花盆都裂开了，我换了一盆新的。您看喜欢不喜欢？"

这一次，滕司屿回头，见之前的仙人掌不见了，脸色愠青。

"那一盆呢？你放到哪里去了？！"

"我……我……我……"小菲结结巴巴地搜索记忆，"好像，好像是扔到十七楼的垃圾桶里了……"

"以后没有得到允许，不准进我的办公室。"扔下这句，滕司屿径直往十七楼走去，撇下小菲双腿发抖地站在门口回不过神来。

至于吗？不就是一盆破仙人掌吗？！

她愤愤地想，今早她化了两个小时的妆，又特意穿了最符合男人审美观的性感秘书裙，就为了博他多看自己一眼，却落得如此下场。

"滕总，一号线有你的电话。"刚升职的方芳走过来，"咦？他不在？"

"去十七楼找他的仙人掌了。"小菲满腹怨气，"我见原先的花盆裂了，好心好意帮他换一盆……"

方芳一瞥，果然，窗边的那盆仙人掌不见了。"哎呀，你怎么这么大的胆子啊？"她说，"那是滕总的前女友送的，他带在身边好多年了。"

小菲不相信："他还喜欢她？"

"那当然。上次我浇水时不小心摔破了它，被滕总骂了个半死。后来他用AB胶把花盆粘好，继续摆在窗户边。"透过明净的玻璃窗望去，滕司屿已经找回了那盆仙人掌。他在水池边细心地将花盆上的泥印冲洗干净，脸色明媚。

情深至此，重遇时却不肯说想念。

方芳叹息：滕司屿，你在感情上真是个死心眼的白痴。

这盆仙人掌布满尖刺，花儿开得正好。极少有人见过仙人掌的花。大朵大朵，纯白，一丝杂色也无。外表倔犟的植物，内心这么甜蜜动人。

滕司屿小心地将它放回窗边。瓷盆边几粒细小的沙子扎痛了他的眼睛。司屿转身从抽屉里拿出纸巾，一下，一下，轻柔地拭去那一点点瑕疵。

日光之下，雪白的花瓣微微发光。他恍惚间想起多年前她的脸。那一张无数次萦绕于梦境的面容，也像这花瓣，在时间流淌的罅隙里，寂静地，微微发光。

方芳推门进来，见他流连于仙人掌的眷恋神色，心知他又想起了某人。

"打起精神来，滕总。"方芳笑靥如花，"一号线有你的电话，可能是好消息哦。"

电话接通。苏律师调侃他："老天怎么这么不公平，给你的越来越多，羡慕死我了。"

"哦？"

"沐轻菡的死你知道吧？她的遗产分配中，有你的一份。"苏律师顿一顿，"份额不大，但总归是飞来横财。大部分遗产她都留

再见薄雪草少年

给了一个女孩子，好像叫什么……叶默……"

"叶默宁？"

"对！对！就是她。你认识？"

"你跟她碰过面了？"他紧握话筒的指节发白。这细节让方芳看在眼里，她故作不在乎的笑容浸满酸涩。

"看来滕总跟这个美眉有渊源哦……"苏律师真不应该做律师，一头扎入婚介行业才是正道，"还问什么联系方式啊。明天你们不都要来我这里听遗嘱并签字的吗？"苏律师贼贼地低声说，"准时来哦，美女都不爱等人的……"

方芳去茶水间替他煮了杯咖啡，小心地端回办公室。

办公桌边没人，她把咖啡放在他的笔记本电脑旁边，不经意看到了屏幕。百度搜索栏里赫然填着"约会"、"男"、"衣服"。

出来好多页搜索结果。临到约会时不知道穿什么衣服好的男生真是多。洗手间的灯熄灭，滕司屿走出来，恰好撞见方芳站在他的电脑前。

各怀心事，面面相觑。

"咖啡放了两勺奶精和肉桂粉。"她若无其事地甜笑。刚要出去，冷不防被他叫住。

"等一下。"

她心头微震：难道他介意她看到了他的心意？

"你约会的时候，最喜欢看男孩子穿什么样子的衣服？"

原来是为这个。她想了想，说道："出去玩的话，最好是简洁大方，带一点小帅。"

"那件Gucci的黑色外套怎么样？"他神色里隐藏着期待与羞涩，与平素商务中冷漠的"滕司屿"判若两人。

"嗯，不错。"

"或者穿衬衣去？"笔挺的衬衣给人以信赖感。

"都好。你是天生的衣架子，穿什么都好看。"方芳微笑，笑容涩涩的。没错，滕司屿的身板与风度都一流，可他从来不在乎打扮。永远是那么几件衬衣换来换去。胡子总要秘书提醒了才记得刮。能让他这么在意形象的，只有一种可能。

她问："你有约会？"

"嗯。"

"是谁？"

"还能有谁？"

"可是……你跟叶默宁，不是分手了吗……"

"对，所以我决定重新开始，重新追她。"那种外冷内热、冷峻又天真的眼神，真是把方芳打败了。

她曾以为，随着时间的流逝，叶默宁在他心里留下的痕迹也会淡去。那盆摆在窗台边的仙人掌，或许只是出于习惯。谁都知道，爱一个人从最初的"金风玉露一相逢"，到后来的相顾无言，是一场多么迅疾的电影。

某天深夜，方芳回公司拿文件。司屿累了，伏在办公桌上睡着了。她犹疑地凑近他熟睡的脸庞，想偷偷地，轻轻吻一下就好。可这个隐秘的吻却随着他的梦呓，停驻在半空中。

他在梦里喃喃地说："默宁，你回来，回来好不好。"

独当一面，只身撑起公司的大旗。业界人士都说，那个滕司屿啊，就是个工作机器，一点儿感情都不讲的。有谁人知，夜深人静，他加班到累极，趴在桌上熟睡如幼小的孩子时，心底绵绵细细最柔软的思念，便如无人拔去的翠绿的野藤，窸窣地生长……

他爱她。

他还爱她。

他只爱她。

他以为她还会回来。

第二天。

"不是吧？滕总。"见他居然一身最新款的Gucci，没穿那套千年不变的商务西装，苏律师诡异地笑，"特意做过造型？"

"人都到齐了吧？"

故意连默宁的名字也不提，耳根却发热的家伙。

苏律师领他到办公桌前，滕司屿扫一眼，见办公室里除了他们俩再无他人，心情立刻低落，推开了秘书递过来的碧螺春。

苏律师摊摊手，无奈地说："以为你说着玩玩，谁知道你是认真的？"拿过桌上一份协议，"喏，她刚签完走的。"

协议落款处签着"叶默宁"，笔迹与人一般清丽。

仔细看去，墨迹微微湿润。

"她走了多久？"

苏律师抬手看表："五分钟不到。你等等啊，我去拿你的遗产继承合同。"

等他从里间拿了合同出来，滕司屿早就没了人影。"不是吧？连遗产都不要就追妞去了？"那女孩好看是好看，可算不上倾国倾城啊，怎么就把咱们的"钻石王小五"迷得七荤八素呢？真是不明白啊不明白。苏律师摇头笑，看来，又是一出英雄难过美人关的好戏。

正是上班时间。

清晨上学上班的人群，常常汇成一条无涯的河流。这条大河闪着微光，从城市的一端涌往另一端，载着人们的生之希望。那么多面孔，仿佛点点相似的萤火虫，多到辨不清眉目。

他下楼仔细看，涌入视野的河流里，没有她的模样。许多人的思念，是写在水面上的字，一边写一边消失。挥洒得优美，淡去得迅疾。他的思念是一幅每天拼上一块的拼图，时间流去，原本零散的拼图愈来愈完整。

路过的女生看到这么帅的大男生从楼上下来，禁不住多看几眼。司屿仔细分辨人海里的每一个背影和侧脸。这个不是默宁，那个也不是。

不是，不是，都不是。

没有一个背影是她的。

他怅然地想，这短短五分钟里，走路慢吞吞的她能跑去哪儿？

等司屿落寞地转身回到大厅，大约两分钟后，确信他已经放弃寻找的默宁从紧急消防通道里溜出来，喘口气，捶一捶腿。少女留恋地回望，正巧和倚在休息区的滕司屿的目光撞上。

他像狩猎的鹰，目光灼灼地盯着正在捶腿的默宁。

许久，嘴角闪过一丝笑意。

真的只是淡淡的笑，她却咬牙切齿地想，这家伙笑得真是邪恶。分明就是猜准她躲了起来，才故意装作离开的。

司屿踱着步子走过来。

她的目光一直不能离开他，被他牢牢吸引住。这男人的气场越来越强大，不发一语就让人胆战心惊。一个穿着性感小黑裙的女生风风火火地与滕司屿擦肩而过，明明走过去了，又惊艳地回头，禁不住多瞥一眼这个英俊的男人。当她发现他一心望着的人是叶默宁时，又从头到脚打量打量叶默宁，愤愤地离去。

司屿帮默宁将去头顶发丝上的杂物。

动作拿捏得恰到好处，既不显得过分亲密，也不生疏。她又感觉到这份久违的温暖，像是全身都要融化掉了。

整个世界沉入触不到底的寂静中。

人潮，车流，无关爱情的一切都消失，化作渺渺尘埃。

他说："怎么像只青蛙蹲在消防通道里？"

"你……你……你才是青蛙呢。"默宁满头"黑线"。开开玩笑，两人都轻松了些。司屿说："明明都认识，以后就别刻意装'陌生人'了，好辛苦。"

大厅里人来人往，伫立原地的他们那么显眼。把自己的号码输进她的新手机里，他说："有任何麻烦事，打我电话，我们从朋友开始，重新来过，好不好？"

再次走出写字楼的叶默宁，包里多了一份遗产继承合同，手机里多了前男友的电话号码。

等地铁的五分钟里，她端详那号码。食指一下一下抚摩手机屏幕，像是在抚摩他的脸。地铁进站了，她在一晃而过的玻璃车门上，看到自己笑得无奈的脸。

然后删掉了他的号码。

【二】 他从这小姑娘脸上看到的神情，是一种自灵魂深处映射的安静。

从爆出"遗产风云"那天开始，叶默宁就成了校园风云人物。跟系里的人一块儿上大课，时不时有人回头冲她指一指，说："哎，你看，那个就是叶默宁。"旁边的人从上到下打量她，目光里说不清是什么意味。

在食堂吃饭时，更有外系的男生厚着脸皮蹭到她这一桌，也不说话，借着对面而坐的机会，死盯着她的脸看，弄得默宁浑身不自在，连食堂也不常去了。下课时，要簌簌带一碗泡面回来，就解决了吃饭问题。

上课，吃饭，去图书馆，在校园超市买东西……

哪怕是下课后走在回寝室的人群里，也有人认出她是上过娱乐版新闻头条的"明星遗产继承人"，十足的"校园富婆"。

簌簌在寝室里一边上网看校园论坛，一边告诉默宁，现在的男生真是太可耻了。默宁从进大学到现在，从发短信告白到请看电影的男生，没超过十个。现在人人都知道她"有了一大笔钱"，情况就不同了。在S大"本校区十大美女"排行榜中，叶默宁从榜上无名，一下子蹿到了榜单之首。投票数骤然上升到815票。

还有一个叫"欧阳莲道和叶默宁，你更喜欢哪一个"的帖子，更是处于火暴讨论中——

【风吹屁屁凉】：叶默宁呢，脸蛋不错，身材好，又有钱，泡到了她，买房子的钱就不用愁了，均价每平方米一万多的房子，至少能买个一百五十平方米的吧。

【笑三少】：LSD，你太没出息了！一个一百五十平方米的房子就满足你了？至少要别墅！别墅！

【暗夜精灵008】：你们太庸俗了，买什么房子啊，《蜗居》看多了吧。毕业后让她出钱帮你开公司，才是真正地发啊。

……

立刻有莲道的死忠粉丝出来。

【心有莲花开】：平心而论，还是欧阳莲道的五官更精致，新科校花，带出去有面子。

【酥心小可爱1018】：就是就是！我们家莲道才是最美的！叶默宁去死吧，一张饼脸，别出来丢人现眼了！

刚才讨论的那群人不乐意了。

【笑三少】：话不能这么说，你没看过叶默宁的近照吧？她的五官很不错，皮肤尤其好，一点瑕疵都没有，比莲道的皮肤好多了。

众人：求图，求真相！

【笑三少】：你们等等。

（不一会儿，真的贴了一张默宁在食堂吃饭的大脸照。）

两秒钟后，【心有莲花开】求人肉，求QQ！

【风吹屁屁凉】：求QQ+1！

【暗夜精灵008】：求QQ+2！

……

簌簌目瞪口呆地问："这个'笑三少'你认识？"

默宁比她还茫然。

猛然间，想起前些日子在食堂吃饭，总有外系的男生厚着脸皮，故意坐到她对面——这才明白了原委。这时，大甲在外面擂寝室门。

彪悍的大甲捂住小胸口，一脸"受到了严重惊吓"的神色，像是被路过的蛇妖吸了魂。

"怎么，你中邪了？"簌簌踩她的脚。

大甲竟然不知道疼。

她颤巍巍地看着默宁："你有个弟弟，后来在雪山上失踪了吧？"

大甲怎么知道？默宁扭头看簌簌。

长舌妇华丽地飘去电脑前继续看帖。

大甲是天不怕地不怕的彪悍型女生，对面男生宿舍有人拿望远镜偷窥，她单枪匹马杀到对方楼下，硬是说服保安，上楼把偷窥者揪了出来，全院通报。从那以后，她们都很担心哪一天晚上下自习后，大甲会被前来报复的黑衣人套上麻袋背走。

大甲毫不担心，撂下一句："报复？他敢？老娘阉了他。"

言犹在耳。像今天这样，连她都花容失色，一定是发生了很不寻常的事情。

大甲要默宁从电脑D盘里翻出小澈几年前的老照片。她凑近，细细端详那孩子的眉眼，认定了："嗯，就是他。"

她肯定地告诉默宁，刚才在学校二食堂吃饭的时候，外面路上走过一个小帅哥，二十来岁，身形偏瘦很有型。本来没注意到他，那小帅哥偏偏走进食堂瞄了一眼。就是这一眼，把大甲镇住了。

簌簌激动地从电脑前蹿到大甲面前，两眼闪着小星星。

"很帅？校草？"

在这座文科院校里，要找个像模像样的校草出来，实在是太难了。她们年级三百多号人，总共才六十二个男生，除去歪瓜裂枣身高不够的，连一场足球比赛的人数都凑不出来。

形势如此严峻，你叫簌簌如何能淡定？

"帅是帅，但他跟默宁的弟弟长得一样啊！"

"在雪山上失踪"这个故事不常听到，失踪的又是室友的亲弟弟，大甲对小澈的长相记得很清楚。

"哎呀，默宁，他可能真没死。"簌簌看的韩剧终于派上用场，"小澈一定是被人救了，被雪冻坏了脑子，什么都不记得了，然后被哪家好心人收养了，现在来我们学校读书！"她揽住默宁的肩膀，"你说是不是？"

假使换做三年前的叶默宁，一定会从椅子上蹦起来去食堂附近做地毯式搜寻。可现在她只是安然地坐着，听大甲说完。

让人成熟的不是时间，是痛苦的经历。

簌簌又出主意："我知道了！可以这样！默宁啊，你用真名在BBS上发个帖，再贴上你弟弟的照片寻人！就凭你现在的人气，只要他真是我们学校的，一定能找着！"

是个好办法。

三个女生立刻围在簌簌的笔记本电脑前开始写帖子，编辑好了正要点"发表"，啪，簌簌的台灯突然灭了。

"哎哟，真见鬼了。"大甲又捂住胸口。

走廊上，别的寝室有人走出来大声问："喂，是不是停电了啊？管理员怎么也不通知一声。"

耳朵贼好的管理员王姨居然听到了，在楼下吆喝：

"上周就出了告示，说今天下午停电，你们这帮丫头自己不看，怪谁去？！"

默宁点"发表"，浏览器跳转到"找不到页面"。果然，路由器也没电，一停都停了。王姨说要到凌晨才来电。

簌簌安慰默宁。

"没事，今天发不了明天发，一定能找着的。要不，我们可以去校外上网啊。"她摸摸肚子，"走走走，去后街那边觅食吧。"

"去不了后街，等下六点半要去男生寝室那边开班会，你忘了？"大甲提醒默宁，"班长老徐特别强调你不能缺席哦，还说，下学期班上的文娱工作要交给你负责……"大甲诡异地一笑。

"他说是这么说，我看哪，就是借工作的机会想泡我们家默宁。"

簌簌哀怨地捂脸。

"老徐是我们班唯一拿得出手的男生，唉……没想到他也掉进了默宁的魔掌。"

　　大甲笑她："你可以抢啊。"

　　簌簌白她一眼："切，老娘才不要二手货。"其他人也上课回来了，几个女生说说笑笑，打打闹闹，议论着男生寝室是什么模样，上大课时看到的隔壁系的帅哥叫什么名字。

　　默宁没有加入到女孩子们的讨论中，一个人在阳台上晒衣服。

　　宿舍楼外的天空，一片潮湿的雾霭。

　　电台里，莫文蔚的声音那么落寞地回响着，"阴天，在不开灯的房间"。她甩了甩牛仔裙上的水滴，把它挂到衣架上。这条牛仔裙是小澈买的。那时姐弟俩都在念初中，小澈一个星期不吃早餐，偷偷攒钱。

　　默宁教训他："叶君澈！你存钱做什么？是不是要干什么坏事呀？"

　　初中的班上，已经有好几对胆大的同学开始早恋了。

　　小澈哼一声："我才不会呢，姐，你别瞎操心。"

　　一连两周没有吃早点，他用饿肚子才省下来的零花钱，买了这款当时最流行的裙子。在她生日的那天早晨，偷偷溜到她的枕头边，用手指戳醒她。

　　"喂，姐，生日快乐呀。

　　"懒猪，快起床，看看你的生日礼物。"

　　她盼望了那么久的，十六岁的生日，第一个见到的人是笑得傻傻的弟弟。

　　小澈看着老姐试裙子，不停地说："好看，好看！我特意问了好几个女生，才选的这条。"见裙子的腰围多出了几厘米，又说，"姐，原来你没那么胖啊。"

　　当晚，全家人围坐在一起吃晚饭。

　　无花果马蹄瘦肉汤。鲮鱼炒麦菜。宫保虾仁。甘栗煲鸡。

　　统统是默宁的馋嘴菜。

　　小澈去楼下取回了老爸给姐姐订的蛋糕，全家人围坐在原木餐桌边。烛光摇曳笑颜，老妈揽着一双儿女的肩，幸福地唠叨："你们都是我的宝贝，一个都不能少……"

奇迹果然没那么容易发生。

校园论坛上的寻人帖很快石沉大海，连大甲也怀疑，自己那天是不是看错了。

两星期后。

默宁带着钥匙站在沐轻菡公寓的门前。

这里偏居华侨城一隅，五房两厅的小复式，隐秘优雅。锁头咔嚓作响，吧嗒，门开了。想到房子的旧主人不在世，默宁凭空紧张。

办完继承手续后，警察很快找上门来。

他们说，车祸当天，去哪里都爱带着助理的沐轻菡精心打扮一番后，撇开所有人，自己出了门。半小时后交警打来电话通知，沐小姐在路边被一辆白色SUV撞死，当场毙命。一代艳星，不明不白地香消玉殒，真令人欷歔。

那天，在苏律师的办公室，他轻声念着遗嘱："我，沐轻菡，在头脑清醒和律师在场的情况下，立此遗嘱。在我身后，将位于华侨城××苑24楼C座的公寓，以及招商银行账户下的三十万存款，悉数赠与叶默宁小姐。"

如果簌簌在，一定会惊愕地大叫："怎么这么少？她那么有名，怎么只有三十万？"

连日来，媒体上不断造势，把默宁打造成"继承了千万遗产的灰姑娘"，他们都说，这小姑娘发了啊，沐轻菡奋斗一辈子攒的钱，都给这丫头了，少说也有个千儿八百万吧。只有苏律师心里明白，遗嘱上白纸黑字地写着，房产一套，存款三十万。这是一个女人终其一生的积蓄。昨晚他还在想，叶默宁听到只有这么点钱时，一定很失望。

可现在，他从这小姑娘脸上看到的神情，是一种自灵魂深处映射的安静。

她压根儿就不在乎。

他不禁暗生钦佩。这女孩不简单。

默宁早已做好打算：如果沐轻菡留下的财产里有房子，那就重新装修一下，给爸爸妈妈住。余下的钱，以沐轻菡的名义捐给社会福利院，帮助那些聋哑儿童。

只是……

有个谜一直解不开。

【三】 初恋薄如蝉翼的温柔，还覆盖在记忆里。

"沐小姐为什么要把遗产留给我？"

等默宁在遗产继承合同上签了字，苏律师才喃喃地忆起："事情确实很奇怪，今年年后，她突然跑来找我说要立遗嘱，吓我一跳，以为她得了什么绝症呢。她笑笑，什么也不说。你知道的，跟艺人做朋友，你不能问得太多。"

"年后立的遗嘱，那这才几个月就出事了？"

默宁想，中国人大多信忌讳，艺人们更信风水，少有人会在年后来立遗嘱，太不吉利了。警察怀疑沐轻菡的死有蹊跷。如果沐轻菡真是被人害死的，她为什么要老早立遗嘱把财产留给叶默宁呢？

为什么偏偏是她？

一个只有一面之缘，几乎是陌生人的女孩。

佳人已逝，难觅芳踪。

默宁走进沐轻菡的家。

主人品味良好，装修极为素雅。她光脚踩在地毯上。客厅里光线充裕，一片明媚。她走了几步，停下，静心倾听。

有声音。

阳台上，隐约传来沙沙、沙沙的响动。像有人擦着墙边爬行，衣衫窸窣作响。天色微变，一朵厚重的乌云无声无息地遮住了太阳，原本明媚的客厅陷入阴霾的灰暗之中。

她暗暗后悔，不该一个人来看房子。露台的风像被注入了魑魅的力量，自二楼洞开的大门嗖嗖而下，扑面涌入客厅，带来一阵咸湿阴冷的海潮气息，将她背后的冷汗吹干。沐轻菡的死，一半的可能是他杀。

对方了解沐轻菡的行踪，不可能不知道她的住址。说不定车祸的背后主使者还在附近徘徊，说不定他就在这套公寓里……

默宁后悔自己太大意了！

她慢慢地往后退，这时二楼楼梯口蹿出一只黑白牛奶猫。它不怕人，脖子上挂着一个牌子，隔着三米多的距离，定定地望着默宁，瞳孔幽蓝。

诡异的沙沙声消失了。

原来刚才就是这只猫咪。默宁缓缓狂跳的心，松了口气。猫咪踮着脚走近，轻轻蹭默宁的脚。大概是沐轻菡养的猫。主人突然去世了，这些日子猫咪是怎么活下来的呢。她抚摩它的头，它脖子上的牌子一闪一闪。

拈起细看，上面写着：俺叫阿宁，是只母猫咪，我主人的电话是158×××××××。

它也叫阿宁？

猫咪又胖又黏人，蹭着默宁的脚不肯走了。餐桌边放着它的食盆，柜子里有一袋拆开的猫粮，默宁喂了它一点吃的，发现它并不是特别饿，可见沐轻菡过世后的这阵子，一直有人来喂这只猫。

到底是谁呢？

谁还会有这里的钥匙？

她不经意地一瞥，目光犹如被吸铁石吸住，定在玄关鞋柜边的相框上。

在宜家买的普通木制相框。

沐轻菡与一大群朋友在海边合影。碧空如洗的海边，沐轻菡倚在旁人的肩膀上，墨镜掩得住眼角的细纹，掩不住嘴角的笑意。彼时她一定是幸福的，才能笑靥如花。她的幸福多多少少该与借她肩膀的那人有关。那个人，正是令默宁诧异的所在——

"小澈？"

默宁上前去，攥住相框细看。

拍摄的距离太远，看不太真切。脸庞轮廓像极了她的弟弟叶君澈。一直愿意相信弟弟没有死的她，看到照片右下角的时间，更激动了。

时间是两个月前，这是新照片！

如果真是小澈，那他就没有死！没有死在雪山上！

那大甲和她都没有看错，她们见过的那个男生，很可能就是小澈。

如果这个男生真是小澈，死里逃生后，他为什么不回来找家人，他又是怎么认识沐轻菡的？沐轻菡把遗产留给她，是不是跟照片中的这个男生有关呢？

她把照片拆出来，一遍一遍反复地看。

给王警官打电话，他没接，可能在开会。她急急忙忙喂好猫咪，攥着照片出门。背对走廊锁门时，冷不防有人在身后低低地叫了一声："默宁。"

极度兴奋和紧张之下，她手里的钥匙一抖，差点掉落。

居然是司屿。

有的人，真是说不见，就偏会见的。

默宁的心思都在那张照片上。

她递给司屿看，指着沐轻菡旁边的那个男生道："你看，你看，像不像君澈？"

他攥在手里细看。默宁紧张地盯着司屿神色的变化，问："像不像，像不像？"

他说："像，但这个人应该不是小澈。"

默宁有点生气，抿嘴想了一会儿，低低地反问："你怎么知道？说不定，当时有路过的人救了他，你以为所有人都像你那么狠心？"

这话一出，说得司屿哑口无言。这事终究是他们之间的芥蒂。

她赌气地把照片放进钱包里，一抬头，只见司屿满脸失意。

默宁便是这点好，小事糊涂，大事清醒得很。现在怪司屿有什么用，不如花时间去找找照片里的男孩子。于是，她又说："你这么肯定这男生不是小澈，难道你认识他？"

走廊上没有其他人，司屿的头皮早就发麻，满背都是冷汗。他暗暗自责，之前来公寓时，怎么就没注意到这张照片里有"那个人"呢。无论如何，他都不愿让默宁跟那个人碰面。

太不小心了。

他说："不，不认识。"

她好奇道："你来这边是为了……"

"我喂猫。"

她扑哧一笑，挎着胳膊，饶有兴味地看着他，眼神里寓意万千，就是不说话。他不知怎的，竟心虚得耳根发热，板起脸又强调说："我真的是来喂猫的。"

胖猫阿宁不住地挠门。

他抱起猫咪，捏捏那粉红色的肉垫，安慰它："明天就有新主人来领养你，阿宁马上就有新家了。"

她喜欢他这样子。善良的男子，总能给人以信赖感，令人不由得想亲近。

她说："每次紧张的时候，你都会故意板起脸。记得吗？那一次在食堂……"忽然打住，没有说下去。

往事卷土重来。那一次在班干部会后，他跟在她和簌簌身后走，簌簌拿她的手机打"骗子"的电话，响起的却是司屿的手机。

少年手足无措地杵在女生面前，板起脸，认真地说："我真的不是骗子，我只是想认识你。"

初恋薄如蝉翼的温柔，还覆盖在记忆里。有时似纱一般柔软，有时又扎得她很疼。他何尝忘记过这些？只是，不要他的人，就是她啊。两人低头沉默。秒针的节奏滴滴答答，停顿了半拍。

"一会儿去哪儿？"他问。

"跟朋友吃饭。"她没有问他要不要一起去。

"我送你。"

"不用了，真的不用。"她想等会儿簌簌在，碰头会尴尬，"那些人你不认识的。"

"怎么，怕我打搅你的约会？"他吃醋了——默宁现在在学校的人气越来越高，"走吧。我也顺道去吃个晚饭，不跟你同桌，总行了吧？"滕司屿往前走，影子被廊灯拖得老长老长。那长长的影子，让她又想起了从前。

从前，她怕晒太阳，每逢阳光炽热的夏日，哪怕是走从小卖部到教学楼那么短短的一段路，她也爱躲在他的影子里。这些细小的默契潜伏在血液里，时不时蹿出来，狠狠提醒她：你们在一起过。像从前那样，她不自觉地一路踩那地上的影子。不知不觉走到电梯口，抬头一看，原来光滑的电梯门早已倒映出她的一切小动作，司屿看得清清楚楚。

脸颊上飞起两朵绯红的轻云。

须臾间抬头偷看他，她无辜的眼神，明澈似林间小鹿。他想起念高中时，她每次害羞时就是这样，心中不由涌起莫名的疼惜。

吃饭时确实不在同一桌。可是——

"喂，默宁姐，对面那小子是你的粉丝吧？"小杰郁闷得很。自从他们几个校友在窗边的座位上坐下吃饭，对面那桌的男生就一直若有若无地朝这边瞟上几眼。坐在默宁身边的小杰，只要稍稍与她靠近些，那人冷酷的目光便宛如利刃，一刀一刀地从他脸上剐过。

"才不是呢。"默宁挺不好意思，往小杰碗里夹了块红烧肉。

这下可把小杰害惨了，对面的滕司屿的目光倏地冰冷。

那眼神分明在警告：不想死的话，就从我喜欢的人身边闪开。小杰吃不消了，赶紧将那块红烧肉夹了回去。

"得了吧，默宁姐。我可不想死了还不知道是怎么死的。"

她憋了个大红脸，拿过菜单装模作样地点菜："来一份蟹黄……"

话没说完，诱人的蟹黄小笼包已经端到桌上。

"您好，请问哪位是叶小姐？"服务生说，"这是八号桌的滕先生帮您点的。"

簌簌和小杰起哄。

"这么贴心，真是追得你喘不过气来了啊。"

默宁抬头偷偷往那边看，与滕司屿的目光撞了个正着。若视线有迹可循，一定是两条粉红色丝线，在空中千回百转地绕成患得患失的心形。簌簌"嘿嘿嘿"笑得像只大黄鼠狼，凑过来说："复合了都不告诉我，太不够意思了吧。"

"没呢。"

小杰说："有点眼熟啊，好像在电视上见过，是明星吗？"

簌簌卖关子："这个比明星靠谱多了。"

"你们说谁啊？"迪迪儿以前也跟默宁念同一所高中，她好奇地扭头偷偷地看，"哇"地惊叫道，"呀！是他！"声音太大了，邻座的客人都被惊动，迪迪儿赶紧缩回头。琳琳不认识滕司屿，只觉得这男生——不，该称男人——俊美中不失风度，衣着考究，举手投足间自有一番……让人目不转睛的气质。

琳琳在年级中算是数一数二的美女，追求者从女生宿舍一路排到校门口。见了这个男人，她第一次真的动心了，迫不及待地问："他是谁啊？"

"这你都不知道？滕司屿啊，我们学校的钻石王老五。"簌簌说得兴起，"现在休学创业去了。"

"那就是我的学长喽？"琳琳给簌簌夹菜，"帮忙介绍介绍嘛。"莞尔一笑，"暑假到了，我想找份兼职，要是他能够帮帮忙……"

"求我有什么用，真正管事的是……"簌簌推一把默宁的肩膀，"喏，这位！"

"默宁？"琳琳皱起眉头。他们几个中，迪迪儿的身材是搓衣板，簌簌喜欢跟男生玩成一片，活脱脱一哥们儿性格，论身材相貌，叶默宁数一数二。

小杰终于想起对面那个人是谁。

"哦！对了，就是他！我听人说，他是被女朋友甩了，一气之下退的学？"慢是慢了几拍，小杰总算明白了，"这么说的话……那个'女朋友'，就是默宁？"

一众小女生的眼睛里，腾起羡慕的光芒。

"默宁你真有魅力啊。"

"就是就是，这么优秀的男朋友……"

琳琳咽了口唾沫，不咸不淡地在旁边说："最优秀的男人一般都不主动追人，女孩子只要脸皮一厚，什么男人追不到啊。默宁啊，赶紧教教我们，你是怎么把他追到手的？"

这句话的意思可深可浅。簌簌最听不得别人说默宁的闲话："谁说默宁追他？他当年在食堂里等了一个月才逮到跟默宁表白的机会，管接管送，买饭买花……"

小女生们彻底投降了："真是体贴啊。"

"这么体贴？"琳琳冷笑一声，"默宁怎么不跟滕司屿复合呢？不怕后悔吗？"

此言一出，好好的校友聚会气氛发生了微妙的变化，小杰心里暗暗叫苦：不该带琳琳来的。这个女孩是土木工程院的系花，他们全系三百多号人，就二十个女生，可见琳琳平时被一帮没见过美女的男生宠到了什么程度。今天簌簌说一起吃饭，小杰觉得带个系花来比较有面子，就拉上了她。

谁料——

"没什么可后悔的。"默宁说。

"不可能，"琳琳咄咄逼人，"前男友成了有钱人，又长这么帅，默宁姐一定连肠子都悔青了吧？呵呵。"

"后悔的不是她，是我。"

琳琳只顾争辩，竟没注意滕司屿已经来到身边。这个男人，远看令人倾心，近看更是……琳琳连话都说不清楚了："滕……滕……""滕"了半天，挤出一个"滕学长"。

全桌人都看出来琳琳有多激动，这可能是她这辈子见到的第一个钻石王老五，更是个活生生的大帅哥。"杯具"的是……当琳琳激动地自我介绍时，滕司屿看都没有看她一眼，一门心思用在叶默宁身上。

傻子都看得出来，滕司屿是叶默宁的，他眼里根本没有别人。迪迪儿和簌簌暗暗叹气，自己是彻底没戏，不过看到好友这样被人爱着，善良的女生都会祝福他们。

滕司屿过来打了个招呼，说公司还等着他开会，告辞了。他一走，全桌女生的心也随着他而去。琳琳再没吱半句声，大家默默地看着她连喝了五杯冰水。

吃完，默宁叫结账。不一会儿，服务生过来问："你好，哪一位是叶小姐？"

"我，怎么？"默宁拿出钱包结账。

"小姐，你们这桌的单已经有人买过了，买单的先生说，他很荣幸能够请叶小姐吃饭。"

"啊哈？"簌簌掐指一算，"林半仙预言，一定是滕司屿买的单。"

众小女生的感叹立刻像炸开了锅，什么"滕司屿真是要脸蛋有脸蛋要风度有风度要钱有钱的超极华丽帅男"，什么"有钱就算了，居然还专情得要死"，什么"叶默宁天生阔太太命"……

达到了簌簌要的效果，她瞟了一眼琳琳。

系花同学面如死灰，幽幽地哼了声："这有什么？我出去吃饭从来不花钱，什么山珍海味没吃过？"

是吗？

大家默然，刚才切牛排时，她连刀叉都不会用。

默宁不喜欢吃白食："这样吧，这一顿我自己付，下次那位先生来，你帮我把饭钱还给他。"

服务生笑道："叶小姐，你果然跟滕先生说的一样。他说一顿饭而已，不用大费周折。还有，滕先生吩咐我把这个交给你。"

默宁接过他留的小字条，展开来，心竟然像初恋时一样狂跳不止。折叠了几下的小字条上写着：在负一楼停车场等你。

"哈哈，他给你写的什么？"簌簌扑过来。

默宁吓一跳，赶紧把字条收进包里。她心烦意乱，大口大口咽下冰水，想让那颗滚烫的心冷静冷静。

【四】我可以接受任何样子的你，哪怕是永远不会原谅我的你。

滕司屿的车在负一楼停到深夜。

满地的烟头。分手后，他从不沾烟酒的好学生变成了老烟枪。从身无分文到小有身家，始终抽一种与身份不相符的低价烟，只因为她曾在不经意间提起，喜欢这烟盒上的那句话，"与君初相识，犹如故人归"。

"司屿，你知道吗？你没说喜欢我的时候，只是往我面前那么一站，我就觉得，这个男孩子我一定是见过的。"

"叶默宁，你这句搭讪的话实在是太土了。贾宝玉对林黛玉就这么说。"

"切，你懂什么？这叫'与君初相识，犹如故人归'。"

不知不觉，月上柳梢头。

他等到深夜十一点，她没有来。滕司屿啊滕司屿，你又何必犯贱呢？他懊恼地扔掉烟头。

生意场上的朋友打电话来："兄弟，在哪儿呢？快来天之阁夜总会！这里新来了一批小姐啊……真是啊，啧啧啧，一个比一个漂亮，快来快来。"

"你们玩吧，我今天有点累。"他从来不去那些地方。

"喂喂，是男人哪能说累啊？"对方不乐意了，"快来啊，就差你一个了！"

挂掉电话，司屿开车离去。

簌簌洗完澡，拿毛巾胡乱擦几把头发，顺手摁亮灯，只见默宁抱着膝盖蹲在床上发呆，一张小脸白得跟纸似的。

"叶默宁，大半夜的，你演什么贞子啊你。"她坐过去，抢过默宁手里的字条，"他在负一楼等你？那你怎么不去？"

今天是周五，几个本城的学生都回家去了，只有她俩留在寝室过夜。默宁心烦意乱："你说，如果有一个人间接地害死了你的亲人，你又特别爱他，分手后重遇了，你会不会跟他在一起？"

"滕司屿？"簌簌盘腿坐到她对面，"你说滕司屿害死了小澈？他把他扔下山坡摔死了？抢他的氧气罩了？不给他吃饭了？你别介意，我就觉得滕司屿那么喜欢你，没必要去害小澈，是不是有误会？"

默宁抬起头，忧郁的眼睛里荡漾着水波："不，他没有害小澈，他只是放弃了……"敲门声打断了她的话。

"肯定是大甲！大半夜的，不带钥匙！"簌簌跳起来去开门。过了一会儿，她在外面喊，"默宁！过来一下，有人找你。"

"谁啊？"

"出来就知道了。"

她以为是女生，穿着睡衣推开门。只见一脸憔悴站在客厅里的，居然是滕司屿。司屿满身烟味儿。

"你……你怎么来了？"

司屿从外套口袋里拿出准备已久的戒指。簌簌一见这阵势，连忙躲进卧室，撂下一句"你们俩慢慢缠绵啊，我先睡啦"。

寄人篱下的生活，让司屿比同龄人懂事早。考完高考，他就想，等到默宁也大学毕业时，他已经工作两年，攒了些钱就娶她当老婆。他是个死心眼，遇着了喜欢的人，就一辈子只对她好。这枚心形钻戒，他准备了很久，今天才能戴在她纤细的手指上。不大不小，在灯光下华丽地闪耀。

真美。

说不喜欢是假的。她真喜欢那一抹纯净的光束。

"很适合你的手指。"高傲如他，却不敢看她的眼睛，"买它很久了，我想过好多次，会在什么时候给你戴上。怎么都没想到，会是在我们分手以后，你又拒绝了我的现在。"

眼眶又温热了，她知道自己又要哭了，用手抹了又抹，故作镇定的样子最狼狈。

他的脸已经红到不行。

"叶默宁，嫁给我吧。"

"结婚？"

默宁怔住了。

躲在卧室门后的簌簌像只土拨鼠似的噌地钻出来，捂住默宁戴着戒指的手，生怕这傻妞会拒绝钻石王老五的求婚。

"我代表寝室同意你们结婚！你们早点把事办了吧，也不用铺张浪费，哈哈，到时候送我这个媒婆一双鞋子就好了，我看中了一双雪地靴……"

"对不起。"默宁的这一句"对不起"，无情地击碎了簌簌的八卦媒婆梦。

她取下戒指。

"这个我不能收。"

倘若用失望这个词不能形容眼眸的转黯，那么，他的眼睛更像是炽烈燃烧的恒星忽遇冰川时代，瞬间熄灭了。

那眼神，连簌簌看着都心疼，这可是滕司屿啊。高傲如斯的滕司屿都向你求婚了，你还想怎么样？

"叶默宁，你想清楚没有？"簌簌比她还着急。

"我知道你对我好。"默宁说，"可你也知道，我心里永远有一个疤。"

"真的不能原谅我？"他问。

簌簌帮腔道："你可以先考虑考虑，不用着急说答复啊。"

只要一看到司屿的脸，她立刻就联想到小澈无辜的模样，还有爸爸妈妈肝肠寸断的哭声。她不能把自己的幸福建立在整个家庭的痛苦之上。两难之间，她回身掩上房门，把司屿撂在客厅里。

簌簌挎着胳膊很无奈。

"哥们，你到底做了什么对不起默宁的事？"

司屿苦笑，他走到门边，轻轻抚着温暖的木门。他知道，她一直背靠着这扇门。司屿对着那扇门，也是对着她的心，说："我知道你需要一些时间。总之，我可以接受任何样子的你，哪怕是永远不会原谅我的你。"

——我可以接受任何样子的你，哪怕是永远不会原谅我的你。

许久以后，每当默宁回味起这一句，眼眶总会温热，觉得今生能遇到这么个人，真的值了。可当时，她像被神魔定了身，千言万语都哽在喉咙里，一个字也说不出来。惊醒时，耳畔响起寝室门的落锁声。

他已经走了。

"老娘连恋爱都没谈过，你居然就有人求婚了，真可耻！"簌簌恨铁不成钢地骂，看到默宁在哭，又心软地抱抱她，"唉，哭什么哭？洗个热水澡，睡觉吧。"

闺密之间的婆婆妈妈含有无限温情。

默宁翻出电热烧水器，放在壶里开始烧洗澡水。她心事重重地刷牙，月朗星稀，明天又是好天气。视线从天空收回，女生宿舍外的篮球场边有个人影。她定神一瞧，那不是司屿吗？他还没走？这下，默宁的心更乱了，澡也不想洗了，把烧水器从壶里拔出来，直接去睡觉。她想，这一夜，恐怕注定辗转难眠吧。

念高中时，司屿常常在篮球场等她。养父管教得严，每月只给很少的零花钱。他很少为自己花一份，都用来给默宁买零食、文具，和所有她想要的东西。

他记得她把脸贴在"面包新语"的柜台玻璃上流口水，说："这个Hello Kitty的生日蛋糕好可爱啊。"

一看标价，一百三十八块。

她懂事地拉他走，说："不就是个蛋糕吗，看看就好了。"

两星期后，他用好不容易攒的钱给她买了那个蛋糕。

还记得她当时的眼神。

又惊喜，又心疼。

哪个女孩子不喜欢可爱又可口的东西？但她更喜欢他，心疼他为了买蛋糕，自己省吃俭用。

那晚，两个人在默宁家不远处的一块空地，点燃蜡烛，插在蛋糕上。

她双手合十，许愿：老天爷啊，让我和滕司屿永远在一起吧。

当时的幸福多简单，好像每一瞬间都是永恒。

对，那是属于他们的小永恒。

不需要铺张，不需要轰轰烈烈，在一起就好，平平淡淡就好。

他咬一块，说："原来生日蛋糕是这个味道。"

"你没吃过？"

司屿摇头。没有妈妈，养父性格又粗枝大叶，从来不会给他过生日。

默宁想说"你爸怎么这样啊"。可她那半句话还没说出口，一下子就哭了。这眼泪为他而流，她没想到，在城市里长大的孩子中，居然还有人从没吃过生日蛋糕。

她切下一大块，塞到他嘴里，说："等我长大了，一定每年都给你过生日，只对你一个人好。"司屿开心地笑，就算再吃一个月的泡面当午饭也值了。

今晚，跟当年一样月朗星稀。

可那个说要陪他过生日的女孩子，已经不在身边了。滕司屿坐在篮球场边，影子被月光拉得好长好长。发了一会儿呆，对面女生寝室的灯，一盏接一盏地熄灭。他起身，拍拍裤子上的灰，慢慢走去后街买了瓶啤酒，打算回去自斟自饮。

路过女生宿舍，只见半面楼笼罩在红红的火光里。不少人尖叫道："着火了！快跑，着火了！"

着火的正是默宁的寝室，火势蔓延得极快，转眼火苗就蹿出了客厅的窗户。司屿脑袋里轰地一响，连忙跑到楼下，大喊："默宁！叶默宁！"

没人应。

楼里一片混乱，女生们惊恐地往下跑。拥挤的楼道里，大家争先恐后地夺路而逃，乱成一团。他边往上挤边找默宁的身影。没有，始终没有她。到了五楼，火苗从门缝刺刺地往外冒，大门被烧得变了形。他用灭火器扫掉门上的火，后背被火苗狠狠舔了一下。

噬骨地疼。

他踹了几脚门。大门变形了，卡在那儿打不开。司屿的双手被烧过的铁皮烫得血肉模糊。管理员打了火警电话，可消防队员在几分钟里赶不到，灭火器又没办法灭掉里面的火。司屿心焦地大喊："默宁！默宁！"

"唉……"门里隐约有她的声音。簌簌大叫："滕司屿？！你TM快来救我们啊！"

听到簌簌的声音这么有元气，司屿稍稍放心，四下看看，发现从走廊的窗户往外爬，可以够着她们寝室卫生间的小窗户边缘。

但是，这里是五楼，下面的水泥地坚硬冰冷，稍有失手就小命不保。

火越烧越大，消防员还不见赶来。

司屿爬上走廊的窗户边缘，借着楼下路灯的一点微光，往她们寝室的那扇小窗户跳去。这绝对是玩命。他没有十成把握，掉下去

060 再见薄雪草少年
ZAIJIAN BOXUECAO SHAONIAN
6

非死即伤。老天保佑，手虽然滑了一下，但他死命抠住窗台边缘，攀上去，钻进了寝室。

501寝室是两室一厅的结构，每间卧房住四个学生，客厅大家共用。旁边卧室的四个人今天都不在，真正被困住的只有默宁和簌簌。着火点在客厅和大门相邻的地方，门锁被烧变形了。难怪门打不开。她俩想逃又逃不出，正急得哭，见着司屿，跟见着救命稻草似的围过来。司屿扯下窗帘和寝室里所有的床单，连在一起结成死结。一头他拽在手里，另一头可以绑一个人。

"你们俩谁先下去？"他打量她们。

默宁望望这五楼的高度："就从窗户这儿下去？"

"对，这床单连起来的绳子比较扎实，一头我拽着，一头绑在你们身上。我慢慢把绳子往下放。没时间了，快！"

"她先。"默宁想也没想。

簌簌热泪盈眶，只听到默宁补了一句："她重一些，得要两个人在这头拽着。"

等胖妹林簌簌安全落地，大火已经完全吞噬了客厅。浓烟不断从卧室门缝往里钻，橙黄的火苗刺刺作响。

默宁脸都吓白了，等司屿帮她绑好绳子，她突然惊醒："那你怎么办？没人帮你拽住绳子这头了。"

"快走！别管我！"司屿把她放下去，"我有办法！"

绳子一截一截地往下放。离地面只有两米多时，绳子骤然一松，她整个人掉在地上，尾椎骨被砸得生疼。她顾不上疼，连忙抬头张望——窗子里，只见红红的火光。整个房间都着火了。

"司屿！滕司屿！"

楼下围满了人，吵吵嚷嚷，她听不到半点他的声音。一颗热腾腾的心，嗵地掉进了刺骨的冰水里。她心想：不行，我不能让他一个人待在上面。她立刻就往楼上跑。

簌簌死命扳住她："叶默宁！你犯了什么傻啊！上去找死啊？"

"松手！他留在上面会死！"

"那你刚才为什么下来？"

这句把默宁给问住了。对啊，明知会担心，刚才为什么要下来？就因为他说"我有办法"？她依赖惯了他，总觉得他什么事都搞得定。她因为小澈的事情说分手，她看着他难过看着他悲伤，她貌似决绝……其实，真正离不开对方的人，是她啊。

她根本就不能习惯生命里没有他。

消防车来了，队员们急急上楼灭火，同学们都退到外围。不断有人过来慰问，说："默宁你没事啊，真是太好了。"刚生完孩子的班导师也来了，一见她和簌簌，一千个庆幸地抱住她俩不撒手。

"哎哟，吓死我了，你们没事就好，不然我这个当老师的怎么跟你们的父母交代啊！"

整层楼被烧得面目全非，有女生号啕大哭时，默宁也没有流一滴眼泪，愣愣地杵在原地，望着司屿站过的那扇窗户。

同学们都说，这女孩子的命是捡回来的，肯定是被吓到了。

班导师摇晃她："你别吓老师，你要是害怕就哭出来。你告诉老师，烧成这样，你怎么跑出来的？"

她一声不吭。

直到大火被扑灭，消防队员从楼里往外抬伤员。她也不害怕见到惨状，跑过去看。一眼就望见担架上被浓烟熏到昏迷的滕司屿时，默宁愣了愣。

突然，哇的一声哭出来，边哭边说："我嫁给你，你醒醒啊，我嫁给你！"

后来学校查明，这一场火灾是默宁造成的。她把电热烧水器从壶里拔出来后，迷糊地忘记拔插头了。持续升温的烧水器点燃了同学放在书柜边的被子，引发火灾。各个学生宿舍开展了一次彻底的消防安全大检查，默宁赔了好几万的宿舍损失费。好在除了滕司屿，没人受伤，这事就这么过去了。

Chapter 3

被时光掩埋的秘密

默宇家的一幕他没有亲眼见到，却隐约预料到。

片刻前还拥抱得那么真切，数分钟后的现在，两两相望，竟一时无言。

三个月的光阴，一辈子的阴影，都在这两米的距离里绕啊绕，像一个解不开的死结。

【一】会把她的一句无心之语记在心里，默默为她实现的人，只有司屿。

司屿因祸得福。两个月后，司屿来默宁家过周末，两手拎着大包小包，一脸凝重。默宁笑他："又不是第一次见我父母，紧张什么？"

"过了你这一关，你妈那关难啊。"

她噤声。四个月前，他来负荆请罪，被她妈一盆水泼了出去。

两人忐忑不安地进门。

叶子笙跷着腿坐在沙发上，见他们进来，抖一下手里的报纸，说声"来了啊"。萧淑芬在厨房里一边择菜，一边问："老爷子，今晚吃油豆腐烧肉，怎么样？"

老爷子连声说："好啊，好啊。"跑去厨房帮忙，把两人撂在客厅里。

默宁与司屿对视。

"你别放在心上，我爸妈还不适应。"

昨晚，她没敢说收了戒指，只说滕司屿想过来看看二老，他一直心怀愧疚。

萧淑芬的气还没消，当即哼一声。

"如果他能换回我儿子，我给他磕头都行！"

小澈一直是家里人的掌中宝，从小被宠着。如今说没就没了，父母心口上这道疤，十年八年都不会好。一边是至亲，一边是至爱，夹在中间的默宁，左右为难。

厌恶归厌恶，可是女儿喜欢。老两口看在女儿的面子上，没直接把他扫地出门。司屿坐在客厅里，大半天没人理会。默宁捅了捅他，悄声提醒："去厨房帮帮忙。"

司屿心领神会，捋起袖子到厨房献殷勤。

“伯母，我帮你择菜。”

她妈冷冷的，端开盛菜的盆子。

“菜择好了，差不多到吃饭的时间了，滕司屿，你家里人也等你吃饭吧？”

帮忙端菜的手臂僵在半空中。

他怔了怔，讨好的笑也僵在脸上，只得接过话茬道：“是啊，不早了，伯父伯母，那我就先告辞，下次再来看你们。”

饭也没吃，空着肚子下楼。默宁心疼男友，又不敢太急躁，忤逆父母。

“你别介意啊，我妈就这么个脾气。”

“换成别人，说不定早就一扫帚把我扑出去了。”他自嘲道，“你爸你妈，已经很给面子了。”

两位老人都是好人。

他第一次来的时候，还是个高中生。在楼下等默宁上学，被她妈抓了个现场。萧淑芬笑笑：“小伙子，上楼去等啊，楼下这么晒。”

滕司屿就这样耳根发热地跟着伯母上楼，喝了伯父沏的好茶。

本以为是鸿门宴，谁知老人家开明得很，只字不提“早恋”。只谆谆教育他们，不要因为感情而耽误学习，这样会耽误两人的前程。

没有前程的男人，就没办法给所爱的人幸福。

少年听进心里去，从此特别小心，不让彼此因为恋爱耽误学业。

考完高考后，他去她家吃饭。

自小没有妈妈，养父从来不做饭。吃了十几年的外卖和街上的饭菜，忽然跟一家人围坐在灯下吃饭，不知有多温馨。

小澈往他碗里夹了一块虎皮扣肉，乖巧地说：“姐夫，你成绩怎么这么好？也教教我啊。”

这一声“姐夫”，叫得默宁连掐死弟弟的心都有。

两位家长充耳不闻，只对视一眼，默契地笑了。伯母给他盛汤，说："来来来，吃一碗猪肚鸡。"

他曾经那么那么憧憬，有朝一日能真正融入这个家庭；墙上的全家福里，能有他一席之地。

没有乘电梯，两人走到三楼，一阵香气扑鼻而来。这层楼的人家，今晚的餐桌上肯定有一道生煎包。她咽咽口水："好怀念我们高中学校后门的生煎包。"

两人到楼下挥手作别。她刚转身，又被司屿从背后扳住双肩。

这个死男人，他知道不知道自己的臂力有多大？捏得她的骨头都要碎掉。

默宁用高跟鞋狠蹬他一脚，司屿吃痛松开。她揉揉被抓疼的肩膀，眼神哀哀的，像一只受惊的小兔子。

"疼不疼？"他低下头，"对不起，其实……"

"其实什么？"

她担心他口中进出"其实早就有未婚妻"或是"已经有女朋友"之类的话。司屿的眼神复杂，幽微的隐瞒里，其实只有不舍。他抱住她，用力地。她察觉到他的害怕，安慰道："别担心，我爸妈的神经还没缓过来。多给他们一点时间就好。"

他的声音很细很细，前所未有地微弱。

"时间久一点，真的会好吗？"

"当然。"她用力点点头，也是给自己打气。

默宁依依不舍地上楼，听到楼下传来车子发动的声音。她藏在走道的窗户后，偷偷看。

"走都走了，还看什么看？"妈妈的声音吓她一跳。

"妈——您想吓死我啊。"拖长声音嗔怪，默宁装作生气了往屋里走，家里大门敞开，老爸在客厅里看电视。她弯腰换鞋。老妈跟着进来，边锁门边数落："我跟你爸就是太宠你了，现在你吓都吓不怕。"

家里的管道天然气坏了，要换煤气罐。

偏偏老爸的腰扭了，不能使力。默宁跟老妈两个人合力把煤气罐从阳台抬到厨房。

老妈一抹额上的大汗，怅然地叹气。

"如果我儿子还在就好了。"

从前这些力气活，都是小澈抢着干。听话头不对，默宁往房间里躲，老妈一把拉住她："宁子，妈以前跟你说的话，你都忘了？"

小澈出事后，老妈就说，滕司屿害死了她儿子，这个疤永远在她心里，永远不会好。

"等你以后也当妈，你就能体会到我们老两口的心情了。好好的一个儿子，养到十几岁，长得好，又懂事，说没就没了，换谁都受不了。"她说，"这个事情就是个定时炸弹。等你跟他结婚，日子就是柴米油盐酱醋茶，娘家跟老公之间又有这道隔阂，说不准这炸弹什么时候就爆了。宁子，妈这是为你好。"

"淑芬啊，红花油放哪里了？"老爸想打开柜子找，一弯腰，就疼得直不起身子。

"爸，你别动，我来。"

默宁找到红花油，倒出瓶子里仅剩的一点，帮他揉了揉。

"哎哟，轻点，轻点。我的闺女哟。"老爸吃痛，"长了骨刺，一碰就痛。"

"骨刺？"

"一把老骨头了，毛病越来越多。"爸爸自嘲地笑，"将来你跟老公打架，爸爸只怕是帮不了你了。"

她捉过老爸的双手细细看，皮肤干涩起皱，还有点点老年斑。

一双衰老的手。

正是这双手，用微薄的收入抚育她和弟弟长大。

"知道我跟你妈为什么要生两个孩子吗？"他抚平女儿凌乱的额发，"你小时候身子弱，我跟你妈商量，将来我们都老了，希望有个兄弟姐妹能陪在你身边，帮你一把。"

默宁一怔。她一直以为，父母就算被罚款也要生下小澈，是因为想要个儿子。

"生下来是个儿子，我和你妈高兴极了，儿子长大了不光可以保护爸妈，更可以保护姐姐……"他回忆起儿女双全的画面。

那时，儿子聪明，女儿乖。一家四口围在桌边，不知有多温馨。

他和老婆以为，就算将来他们老了，也没人敢欺负他们的女儿。

红花油倒了两次就没了，这一瓶还是半年前小澈在放学路上特意给老爸买的。

那一天下暴雨，小澈放学骑车回家，都骑到楼下了，突然间想起老爸的红花油用完了，又顶着暴雨，原路淋回去。少年虽是全家的掌上明珠，却比同龄人更孝顺。

默宁心底涌起一阵悲凉的酸涩，她背过脸去。

老妈端来冬瓜排骨汤，苦口婆心地劝。

"宁子，你跟滕司屿彻底断了吧。我不要他的内疚，他不出现在我们家就好。"

她不吭声。

"怎么，舍不得？"

"不是。"她不敢说自己跟司屿已经和好了。

"我看哪，就是舍不得！"老妈将装戒指的蓝色丝绒盒放在茶几上，"这是他送的？"

"妈！你搜我的房间？"

"早上帮你换床单，一掀枕头就看到了。你把戒指还给他，咱们不缺这些东西。"

"妈……"

"怎么？不听妈妈的话了？嫁都没嫁出去，胳膊肘就往外拐了？"老妈很敏感，越说越激动，"好吧，你要是希望看到爸爸妈妈老了还过得憋闷，你就跟他走！反正，我已经少了一个儿子，不怕再少一个女儿！"

"你看你，这都说的什么。"老爸把默宁支开，"你妈说的都是气话，默宁，你去帮爸爸买瓶红花油。"

她委屈地换鞋，出门前看到妈妈缩在沙发角落里，佝偻着背。小澈的遗像摆在旁边。妈妈天天用软布擦它，擦得光洁明亮。天空渗着片片阴霾，光线一丝一缕，灰灰地洒在萧淑芬的肩头。默宁伤感地发现，从前只有两鬓斑白的妈妈，如今大部分的发丝泛白。失去亲子的创痛，让她一夕白发。

适才的怨气烟消云散，叶默宁轻轻唤一声："妈。"

萧淑芬没有回头。

默宁张了张嘴，想说"对不起"，三个字打着圈儿哽在喉咙里。国人文化本是如此，亲人间至为相爱，却羞于表达。再深的眷恋和愧疚，都积着攒着，让它烂在心里。她心想：父母和恋人，如果真的只能二选一，哪方比较重要呢？

或许往后还能爱上别人，但父母的养育之恩，这一生也无以为报。她心酸地发现，如果一定要在父母和司屿之间选择，她宁愿委屈司屿和自己，也不会扔下父母。拧开大门，回身刚要扣上，视线突然定住——

门把手上，赫然挂着纸袋。

纸袋里是热气腾腾的生煎包，浓香四溢。顷刻之间，她明白了是谁买来挂在这里。会把她的一句无心之语记在心里，默默为她实现的人，只有司屿。

默宁脸热心跳，把纸袋拿进去，藏好，对家里人说"我去买红花油"。正要关门，萧淑芬忽然站起，几步蹿到门口，大声提醒道："买完回来吃饭，别去找那个姓滕的！"

"好。"她哭笑不得。刚出单元门，迎面看见滕司屿站在右边的路灯下。这季节，天空说下雨便下雨，飘起了细细密密的雨丝。四周涨满雾气朦胧的惆怅。他伫立在雨里，发丝沾上晶莹的水滴。她知道，他咽喉不好，遇上下雨变天空气差，就必定会咳嗽，想关心一句，怎奈心也被这雨打湿，只轻轻问："没走啊？"

小澈的状态非常兴奋，不停地跑来跑去，甚至还在山顶垒了一座白色的小塔。

他说："司屿哥，你看，这叫永恒之塔。"

司屿蹲下身子细看："哦，为什么叫永恒之塔呢？"

小澈说："它不会化啊，就像你和我姐，永远都不会变。"他的笑那么干净，现在回想起来，干净得令人心碎。

厄运在他们沿原路下山时降临。

往下走了不到两百米，小澈突然连摔好几跤，他死命地揉着眼睛，说："司屿哥哥，我怎么看不见了，什么都看不见了。"

噩梦般潜伏在登山者身体中的高原反应终于发作，司屿的同伴安慰小澈，要他别怕，慢慢会好起来。他们立刻向留守在冲锋营地的三个登山协作者求救。救援人员赶来，给小澈换上高浓度氧气，又喂他吃下治疗高原反应的药。

天色渐暗，在气候恶劣的雪山上多待一秒，对生命的威胁就多一分。

同伴们焦急地等待小澈的眼睛好转。幸运之神没有眷顾他，他仍然什么也看不见。这里海拔极高，地势险要，眼睛看不见就寸步难行。

登山协作者分析，叶君澈的突然失明可能是由脑溢血引发的。等了三个多小时，天色全黑了，黑暗笼罩下的雪地冰冷而令人绝望，留在原地只能等死。司屿和队员们商量了一会儿，决定由三名登山协作者带路，他扶着小澈一步一步往山下挪。

走了整整十个小时，一夜不眠后，他们居然只往下挪动了两百米。

时间像沙漏里的细沙，分分秒秒无情地流走。大家的氧气都撑不了多久。

本来一天就能下去的路，因为小澈的失明变得异常漫长。再这么耗下去，都得死在这儿。于是，有人提议说，先把小澈放在这儿，等他们下山找到大部队后，再回头来救援他。

提议一经提出，大家都沉默了。

极寒的雪山，气候多变，把一个失明的孩子遗弃在这里，哪怕只有一天，他也只有死路一条。不是活活冻死，就是失足坠下山崖，更有可能遇上雪崩；或是孤独地等待氧气耗尽，窒息而死……

不行，不能这样。

队长滕司屿坚决反对，他几乎可以看见默宁期盼弟弟安全回家的模样，他不能扔下小澈。队长这么反对，队员们也不好说什么，只能继续往下走。

司屿的体力透支，几次摔倒在雪地里。轮换搀扶小澈的队员，也一个个地出现体力不支，司屿看着队员们疲惫的脸，由衷地心痛。

他不愿意看到同伴受苦，可手心手背都是肉，他更不能放弃小澈。

最后一次短暂的昏迷，发生在他背着小澈往山下走了一百多米后。司屿眼前一黑，两人都滚倒在雪地里。同伴唤醒他的时候，小澈也伏在他身旁，沙哑着嗓子说："司屿哥哥，你不要死啊，司屿哥哥。"

这一次，队员们不干了，三名登山协作者更是义正词严地提出，如果再在山上这么耗着，不出九个小时，他们的氧气都会用光，到时候大家都得死。

大家避开小澈，不断给队长滕司屿施加压力。

"你是队长，你不能因为一个人而让全队陪葬。"

"这就是登山法则，优胜劣汰，只有最强壮的人才能活下来。"

"队长，我们不是不救他，实在是没办法了。"

司屿沉默良久，说："那把我的氧气匀给他，我留在这，你们带他下山吧。"

队员们还是不干，他们说："那怎么行？再说了，他眼睛看不见，一步都走不了，我们真是没那个体力再扶他了啊。"

大家不是不够善良，只是，他们不会为一个队友放弃自己的生命。

粮食断绝，氧气耗尽，体力透支。死亡的威胁以秒为单位逼近。再不放弃小澈，真的都得死。经过一番争执，最终，司屿不得不做出把小澈留在雪山上的决定。

他们扎起一个小小的避风帐篷，把所有能匀出来的氧气都给了他。

年纪最小的他孤零零地坐在避风帐篷里，像一只被遗弃的小动物。

那是晚上九点，最寒冷的夜晚迫在眉睫。

小澈还不知道队员们要放弃他了，他以为大家要扎帐篷休息，抱歉地不停说："对不起，对不起，我连累大家了。"

司屿说不出话，泪刚涌出就结成了冰。

他们安顿好他，悄然离开。所有人都放轻了脚步，可小澈还是发现了，惊醒过来，四下找司屿的手，喊着："司屿哥哥？司屿哥哥？"

司屿立刻往回走，队友拖住他："你疯了，你也想死吗？"

队友说："我们不是遗弃他，也不是见死不救，我们是没办法啊。"

小澈从帐篷里爬出来，四周只有风声，他无助地喊着："司屿哥哥？司屿哥哥！"

司屿忍不住了，甩开队友的拉扯想回去，几名同伴一拥而上，连拖带拽，将他往山下拉。

他们说："你疯了！我们不能陪你一起疯！"

司屿被架出老远一段路。等完全看不见那顶雪地里的帐篷，四周只有风雪声时，他终于冷静了一点，继续带队友们往前走。他一贯有担当，长这么大没哭过，可那一路上，他想哭却连哭都哭不出来。

他不断地回头，想再看一眼小澈。

他一次次以为听到了小澈的喊声，回过头去，却只有回旋的风席卷着雪花从视线里掠过。死亡之神，张开暗黑的羽翼，彻底地挡住了他回去的路。

……

司屿抚摩照片上小澈羞赧的脸，说："放心吧小澈，我会守护永恒。守护我和你姐的小永恒。"

那座小澈用生命筑起的永恒之塔，永远不会融化。

【三】　跟叶君澈极为相似的脸，因为微微上翘的唇线，看起来有一股妩媚的邪恶感。

身心疲惫地回到家门口，他拿出钥匙，门里传来一阵阵节奏强劲的音乐，男男女女的嬉笑声不绝于耳。邻居老太太出来倒垃圾，一见他就诉苦。

"滕先生，你们家太热闹，吵得我这把老骨头哟……"

正说着，大门砰地敞开来，穿粉红色短裙的辣妹站在门口。她没料到门外有人，上上下下打量他一番，惊喜地冲里屋大喊："快来看，来了个大帅哥！"

莺莺燕燕们冲过来围观。

一个问："帅哥，你多大啊，什么星座？"

另一个说："你是学生还是毕业了啊，看上去好有气质。"

还有的更直接："你没带女伴啊，我怎么样？"

然后有男生就不服气了，瞥一眼司屿，阴阳怪气地说："小子，你是来参加Party的吗，还是来送酒的？"

他们刚刚叫了一瓶洋酒，现在正在送货的路上呢。

司屿透过人群看了看客厅里面，偌大的房间折腾得一片狼藉，沙发、地毯上全是烟头、啤酒罐和零食碎渣，衣服扔得到处都是，餐厅椅背上赫然挂着一件Bra。

他拨开那群碍事的家伙，径直走到电视墙边，揪起歪倒在地上、烂醉如泥的男生。

"起来。"他低吼道。

男生眼皮抖了抖，哇的一声吐了满地，全身绵软无力。

"看看你现在，像什么样子。"他把男生扔回沙发上。那帮狐朋狗友们都围过来，其中一个冲上来就不客气，指着司屿就骂："喂，你谁啊你，别碰我们家尽言。"

又一个嗲嗲地说："就是就是嘛，你好歹是客人，对主人客气点。纪尽言，是吧？"

刚才门口那个不爽的男生扯了扯嘴角，对周围的美眉说："我看啊，这小子不是送酒，明明就是来闹事的，一点礼貌都不懂。小子，要不要大爷教教你怎么做人？"

司屿不答理他。

几口浓茶下肚，纪尽言揉着发昏的额头缓过神来，见到司屿，懒懒地喊："哥，你回来了？借你家客厅开了个Party。"说完这一句，又往后一仰，昏昏沉沉地睡去。

呃，原来这个"送酒"的家伙是这间公寓的主人。

狐朋狗友们一个个暗自叫苦，作鸟兽散。司屿把纪尽言抬到卧室床上，叫了个钟点工过来打扫卫生，又煲了一锅醒酒汤给他灌下。

尽言昏昏沉沉睡去，一觉睡到第二天上午。

上午十点，快节奏的城市已经进入了忙碌的高峰期。纪尽言被刺眼的阳光照醒，头昏脑涨地刷牙洗脸，临走时摸摸口袋，一分钱都没有了。他从司屿的外套里找出一千块，毫不客气地塞进自己包里。

拿钱，关门，走人。

一系列惯常的程序，因为一张从司屿外套里飘落的照片而被打断。

纪尽言停下，捡起它，细细端详。

那是几个月前，沐轻菡跟一大帮朋友在巴厘岛度假时，大家在海边拍的。彼时她美艳温柔，身边追求者甚众，可惜半年的工夫后，美人香消玉殒。纪尽言轻笑。跟叶君澈极为相似的脸，因为微微上翘的唇线，看起来有一股妩媚的邪恶感。

当时他也在，挤在人群里，笑得没心没肺。纪尽言皱紧眉头。如果没记错的话，沐轻菡洗了照片后，是摆在玄关那儿的，怎么会落在司屿手上？

莫非司屿又去了沐轻菡家？他打算刨根问底？

如果是那样就麻烦了。

尽言把照片揉做一团，扔进门边的垃圾桶。

"无聊，不就死了个女人吗。搞这么严重。"摸摸肚子，饿了，他穿着人字拖去楼下吃早点……日光将少年的背影拉得很长、很长。倒影在光滑的地板上，像张开双翼的恶魔。

俊美的……恶魔。

城市宛如巨大的马戏团，上午八点，各色高级轿车拥堵在大小马路上动弹不得，上班的白领女性从出租车上跳下来，踩着四英寸的高跟鞋狂奔到公司，把自己塞进沙丁鱼罐头一样的电梯里。

云层那么低，低到挨着楼群的窗户轻柔地飘过，低到伸手就可以摸到它暖湿的边缘，低到这间茶馆里，也有若有若无的云朵气息。

"叶小姐，这里的马蹄糕，轻菡最喜欢了。"老太太拈起一块递给默宁，"你尝尝。"

一丝沁人的香甜悄然涌上舌尖。

"嗯，真不错。"

老太太的目光一刻不离地打量她。精巧的鼻子，眼睛圆圆的。

"像，真像……"老太太转过脸悄悄抹泪。

默宁懂事地递上纸巾。

刚刚丧女，老太太面色憔悴。

"叶小姐，滕司屿跟你谈了股份的事情吧？"

"嗯。"

"滕先生跟你提过我女儿为什么要把遗产和股份给你吗？"老太太试探地问。默宁一怔，摇摇头。这神情像极了沐轻菡，老太太立刻红了眼眶。

"我和沐小姐……是远方亲戚？"

"你觉得呢？"

"我们只见过一次。"默宁曾向爸妈说起遗产的事，爸妈说"咱家可不敢高攀明星亲戚"。可是非亲非故，沐小姐会将遗产留给她？

"这是她自己的决定，或许是跟你投缘。"老太太告诉她，"滕司屿的公司刚上市时，轻菡买了一些他们公司的原始股。我不在深圳很多年了，身体一年不如一年，没有时间来料理这些，就把它们划到你名字下面。"

"您可以卖掉啊。"

老太太笑道："我知道。叶小姐不用跟我客气，都送给你吧。"她又盯着默宁的五官看，看得默宁不自在起来。默宁昨晚想找小澈的那张照片，不知怎的不见了。她只得跟老太太描述了一番小澈的样子。

老太太摇摇头："不认识。"

默宁的失落立刻写在脸上。

"你可以去问问锦依，她跟轻菡是最好的朋友。"

"哪个锦依？"

"任锦依啊。"老太太翻出任锦依的电话，"你可以去问问她。这个男孩子是你朋友？"

"可能是我弟弟。"

吃完茶点，默宁送老太太回酒店，临上出租车时，她抱了抱老太太，凭空生出的这一丝亲昵，让她自己也琢磨不透。

拥抱过后，老太太的眼角又湿润了。

默宁安慰她："现在交通这么发达，下次您来，我再带您去吃更好吃的马蹄糕。"

"嗯嗯，好，好。"老太太心满意足地点点头，钻进车里，摇下玻璃窗。想了一想，终于告诉她，"估计没有下次了，默宁啊，我的肝癌到晚期了，能在……之前来看看你，我知足了。"

自古美人爱英雄。哪怕是莲道这样外形、家世和学历兼优的女生，也会死死地咬住滕司屿不放。

"咬住不放"——这是方芳专门送给莲道的四个字。方芳喜欢滕司屿，自然会讨厌出现在滕司屿身边的任何女人。比起素净的叶默宁，莲道真是太黏人、太招摇、太嚣张了。股东会一散，莲道的小腰扭得跟水蛇似的，浑身上下柔若无骨地蹿到滕司屿身边。滕总正在回答几个机构投资者的问题，冷不防莲道一个箭步冲上来，挽住他的胳膊，嗲嗲地说："司屿啊，刚才你的致辞好精彩哟，真了不起呢。"

那几个机构投资者面面相觑，交换眼色。

这家公司有政府背景，上市后股价一直往上走，市场对它期许很高……临时掌门人据说是董事长的亲戚，年轻得可怕，二十出头。几个月前，他从天而降接手这公司时，业内都不看好这小子。现在，大家都期待他能再接再厉，坊间却传出他要辞职的消息。

忽然辞职，莫不是为了这位佳人？投资者们想。

方芳软硬兼施拽走她。几位投资者纷纷羡慕道："滕总的艳福不浅啊。"

"她只是公司股东。"

滕司屿在人群里找寻那个熟悉的身影。刚才在台上述职时，他看到了角落里的她。

往下降的电梯里，只有司屿和默宁。

狭小封闭的空间里，没有温存与暧昧，却隐隐有火药味。

"借我来摆脱那个大小姐？"她不想发火，话一出口，便成了吃醋。

也是，她吃醋了。在台下看到那些富婆和股东的千金肆无忌惮地盯住司屿，不断地说"从没见过这么帅的老总"时，她便吃醋了，心里跟猫抓似的难受。

"为什么要在意她？"他倒是淡定。

"你……"默宁气急，结结巴巴地说，"你不在意？"

"我从来不在意无关的人。"他问，"沐老太太跟你见过了吗？"

"嗯。"她又想起老太太离开时不舍的神情,那一别就是永别。

"你跟沐轻菡是亲戚,还是朋友?"

她蹙眉道:"都不是,只在'大学生风采之星大赛'上见过一面。"

"见过一面就托付身家?"他笑,"她看上你了?"

她心里还因为莲道的事闷闷的,白了他一眼,转身叫住一辆出租车就走。滕司屿拉住她:"你去哪儿啊?"

"不关你的事。"

他不由分说也钻进车里,关上车门:"老婆大人的事,就是我的事。"

晚上七点,"蜉蝣吧"的霓虹灯招牌点亮。

任锦依叫了辆出租车赶往做事的场子,高跟鞋一路摇曳生风,那些年轻男人却没有几个目光落在她身上。

她瞥见走进来的一男一女。

男的且不说,一表人才。

女生的容貌让她恍惚。她暗自感叹,太像,太像了。恍如又看到逝去的故人。

默宁问路过的服务生任锦依在哪儿。

对方指了指后台:"你去化妆室找。"

任锦依在这里推销酒。年纪大的女人在声色场所里很难混。锦依描画得用心的脸,掩不住眼角的细纹。相熟的客人订了台,说十分钟后就过来,锦依在员工休息室里化妆。门开了,一位酷似沐轻菡的少女怯怯地走进来。

"请问,是任锦依,任小姐吗?"

锦依从头到脚打量默宁。

"你……你长大了啊。"

"嗯?"默宁没听懂,"你是任小姐吧?"

"嗯。"

任锦依恢复夜场里惯常的冷艳表情，点了一根烟，坐下。

"我是……"

"我知道你是谁。"她打断默宁的话，从随身小包里拿出一沓钞票，利落地数数，刚好两万块，扔到默宁面前，"你拿着。"

钞票一张连一张，叠在一起形成让人着迷的扇形。默宁没有接，女生的直觉最灵。她看着任锦依的眼睛，对方避开了她的目光。任锦依翻开手机屏幕。

七点过一刻，熟客差不多要到了。

也不管默宁会不会收那沓钱，放在那儿就不再管。

"这是我欠沐轻菡的，你帮我替她收了。"

默宁哭笑不得，所有人都以为她跟沐轻菡有天大的关系。她从包里取出小澈从前的证件照，说道："任小姐，帮我个忙，这个男孩子你见过吗？"

任锦依接过照片，眯眼。眼角的细纹愈加明显。后来，默宁想不起她的脸庞与眉目，只深深地记住了这几条细纹。

紧张地等待答案。

"不认识。"

任锦依把照片还给她，摁灭烟头。

"你男朋友？"

刚才默宁要滕司屿在门外等，他等得担心，推门进来，不早不晚，恰巧听到这一句。

司屿的身体僵硬了一秒。

这一秒恰恰被擅长察言观色的任锦依收在眼底，嘴角浮现出一丝沧桑的笑意。这对孩子多像当年的她和她的初恋男友啊。可惜……客人要来了，她最后看一眼镜子里的自己，踩着高跟鞋出门："干活去了，我们这样的人啊，不干活就会饿死。"

"任小姐，你再仔细看看，这照片上的男孩子你真没见过？"不甘心的默宁拉住她的手臂，"你是沐轻菡最好的朋友啊。"

"最好的朋友？"

拂去默宁的手，她苦笑道："一个是大明星，一个在酒吧卖酒，叶小姐，你觉得我跟她还能像以前一样当好朋友？人是会变的。"说完，与司屿擦肩而过，汇入到浸淫在节奏与欲望里的夜场。

手上还残留着她的温度。

又是几个花枝招展的小妹拥进化妆室补妆，有一个缠着司屿，要他请喝酒。司屿指指发呆的叶默宁，对那女孩子说："我来找女朋友的。"

默宁没有吭声。

茫茫然间，回味起那句"你长大了"，和沐老太太看她的时候，那种类似亲人的眼神……

寻欢的客人们在音乐里纵情，喝醉的人高声喧哗，越热闹，越是反衬出每一个人心底的寂寞。

她眼神放空。

司屿摸摸她的脸蛋，凑近问："怎么了？"

从得知沐轻菡将遗产留给她的那一刻开始，默宁心底便有一个隐隐的猜测，她一次又一次将那个猜测按捺下去，然后现实如潮水一般，一次次将它重新推上岸，推到她面前。

她定了定心绪，没用，更乱了。

"司屿……我会不会……是沐轻菡的私生女？"

如果不是亲戚，为什么要把钱都留给她？从沐老太太到任锦依，她们一个个都对她这么好，凭什么？！小澈又怎么会出现在沐轻菡家的照片上？

这些表象的背后，到底隐藏着一条怎样的暗线？

困惑中的默宁没注意，滕司屿镇定自若的神色脆弱如白纸，一戳就破。他说："你别想多了，她怎么可能是你妈？她今年才二十八岁。”

　　也是，年龄差太多了。

　　经他这么一提醒，默宁红了脸，一定是自己想太多了。司屿拉起她的手，说：“走吧，在这里待着也找不着什么。”

　　默宁心事重重地跟着他走出化妆室，迎面遇上任锦依。

　　她竟没有走。

　　斜斜地倚在墙边，又点了根烟。见默宁眉头深锁，她说：“给你个电话号码，这个人是沐轻菡交往过一阵子的男朋友，叫林森泉，或许他认识你说的那个男孩子。”

　　说完，踩着高跟鞋翩然离去。

　　不得不说，有的人就是可以靠脸吃饭。林森泉长相清秀，当年参加一档让全国人民都想当明星的选秀节目时，凭着这张讨人喜欢的小脸，不费力地进了前三十强，要不是唱功太差，说不定陈××根本拿不到冠军。

　　在林森泉的人生里，那一场缤纷迷离的娱乐秀宛如夜里摇曳不定、无法捕捉的霓虹，其全部意义，是最终他和沐轻菡的相遇。

　　他记得初见她的光景。那是他平生最美的一场际遇。三个评委两个毒舌，唯有沐轻菡对他温柔有加。那一场三十进十的晋级赛里，他被淘汰了，沐轻菡亲口念的晋级名单上，没有他的名字。

　　“沐老师，沐老师。”录完节目，他追上去，“能请您吃顿饭吗？”喉结紧张地耸动，他听见自己青涩的声音发出邀请。

　　“就一顿饭，明天我就不能来录节目了，我想谢谢您这段时间里对我的指导。”他的脸都红了，“您有时间吗？”

　　一定会被拒绝的。

　　一个是当红大明星，一个是初出茅庐的穷小子，她又怎么会答应跟他吃饭呢。森泉自己也觉得不靠谱，绝望之中，却听到沐轻菡轻松的一句：“好啊，晚上我有空。”

　　他紧绷的后背，一截一截地舒展、放松。他万分惊讶又欣喜无比地笑了。

【四】"看来，往后没有什么能将我们分开。""直到死。"他肯定。

时隔许久后的今天，林森泉回忆起那一幕，仍觉得不可思议。

"她不是大家想象的那种娱乐圈里的女人，虚荣，拜金。"在星巴克咖啡馆里，林森泉竭力从记忆里打捞关于她的一切，哽咽地说，"她人很好，跟我在一起的那段时间里，一直在帮我，出去吃饭也不让我买单，她很体贴。"

沐轻菡介绍他认识了不少圈子里的人物，两人分手后，他靠着累积的这点人脉混饭吃。

默宁端详对面的林，提起过去的恋人就动情地淌泪，耿耿于怀的模样太像演戏了。她问："沐小姐那么好，你为什么要跟她分手呢？"

"是她！是她要分手的！"

林清秀的白脸霎时变得通红："她怕别人说闲话，她怕我出名了会抛弃她。"越说越激动，起先的一点怀念微妙地转化为愤怒。

"说到底，我们这种小人物还是配不上她那样的大明星啊。"林从腾讯新闻上看到沐轻菡把遗产都给了叶默宁后，一直耿耿于怀，他旁敲侧击地问，"她平时用的东西都有人送，拍了那么多年的片，存了不少吧？"

默宁没想到他会突然提到这个。

"不多。"

"那是多少？"林凑近问，伸出五个手指，"有没有这个数？"

"五百万？"

"叶小姐真会说笑，她一个大明星，怎么可能只有五百万？

我说的当然是五千万。"提到钱，深情、惋惜和怀念都从他的眼睛里消失了，剩下的，只有欲望。他细细端详她面孔的每一个细节，"像，太像了……"

他索性坐到默宁这边来："叶小姐，有没有人说过你跟轻菡长得很像？"捏起她的手，"等等，别动，让我看看……哦，连手指都一样纤细，真美。"

那句"真美"让她手臂上的鸡皮疙瘩跟雨后笋似的，刷刷地直冒。默宁端起椅子往后退，林森泉不依不饶地说："不知道为什么，一见着你就觉得亲切，这是……缘分吗？"

"我看是孽缘。"

滕司屿赶到。刚去办一件要紧事，所幸及时赶到了。林森泉这小子，果然不是好鸟。默宁见着了救星，忙抽出旁边的椅子给他坐。

林森泉阴着脸，但滕司屿有点眼熟，他不敢得罪。

"您好。您是？"

"鄙姓滕。"司屿不客气地坐下，"默宁的男朋友。"说着，"熊掌"霸道地搭上她的肩膀。这一着相当见效，林森泉"泡妞顺便泡遗产"的计划落空，快快地抿咖啡，掩饰尴尬。

他也不认识照片上的小澈。

他说，沐轻菡在这圈子里混久了，认识的小男生多了去了。

这话酸溜溜的，默宁从星巴克出来好长一段时间，心里仍跟吞了苍蝇似的。

怎么会爱上这样的人？

沐轻菡不像是从小男生身上寻求安慰的女人，怎么会爱上一个空有漂亮皮囊的林森泉？

司屿说："沐小姐混了这么多年，觉得男人都差不多，不如找个帅的。"

听到这句话，本来靠在副驾驶座上想心事的她，心里忽然一激灵。"沐小姐"，这个称谓从别的男生嘴里说出来没什么，为什么他一说这三个字，默宁就觉得不舒服？

该是吃醋了，她咬咬下嘴唇。

"你跟她很熟？"

"点头之交。"司屿发动车子，"回家还是回学校？"

"熟到什么程度？"她不依不饶。

"一起吃过饭。"他强调道，"真的只吃过饭。"

她闷闷地想，什么叫"只吃过饭"？林森泉和沐轻菡就是从吃饭开始的。滕司屿比林长得帅，又有身家，难道沐轻菡就不会对滕司屿动心？

一个是青年才俊，一个是美貌女星，就没擦出点香艳的火花？说出去，谁信呀。

越想越生气。一路上默宁绷着一张脸没说半句话，滕司屿借着等红灯的机会，偷望她——一张标准的晚娘脸。

这丫头吃什么飞醋呢。

不知怎的，司屿嘴角漾起一丝隐隐的得意。在乎一个人太深，患得患失，才会没来由地吃醋。他深信自己的判断没错，他们之间的感情从没变过。

需要的只是时间，让时间慢慢地把小澈这件事造成的伤口抚平。

不过，在这段时间里，得随时盯紧她，不能让别的男生挖了墙脚。他又侧过头偷望她的脸。

"看什么看？"她气呼呼地嘟嘴。

"你嘟嘴蛮可爱的，从侧面看像一个大明星。"

"嗯，谁啊？"她小有窃喜。

"机器猫。"

"你！"

小白兔也会发怒的。司屿揉揉她的头发，说："别生气，跟我来。"

车子一路往郊外开去，在一家宠物沙龙前停下。小院里蹿出几只猫咪，齐齐追着蝴蝶跑。其中一只饼脸的奔到车边，停下，歪头瞅了瞅车里的司屿和默宁。

司屿推开车门，猫咪跃到他的膝盖上蹭他。

喵呜，喵呜。嗓音甜蜜亲昵。

"阿宁？"她终于认出来。

这是沐轻菡的猫。

"是啊。前阵子它被关在空房子里太久，有点忧郁症。寄在这里一段时间，认识了好几个猫帅哥，咱家阿宁的心情好多了。"说完，把肥猫往默宁的怀里一塞。

她没来得及推托，肥猫的胖屁股已经啪的一声落定。

它扭头舔舔她的脸，对新主人的怀抱相当受用。

"嗯，成员都到齐了。"他欣慰地看着这一大一小，说，"走，带你们去个好地方。"

好地方在半山腰，新建的楼盘还没有敷外墙。一梯两户，一栋三层。他绕到临海的那一面。

"看，那一户是我们家。"

她顺着他手指的方向看去，远远地，三楼A座半面亲近夕阳，半面浸在海水的波光里。

海景小洋楼，价格不菲。

"你哪来的钱买的？"

"帮我姑父代理职务三个月，公司业绩小升，年中分红。"

"有这么多？"

"只够付首付，往后要努力赚钱供房喽。"

"那多辛苦……"

"是男人就要承担责任。"

阿宁跑得太远，司屿追过去抱起它。

她的目光随着他走。

一恍惚，好几年就过去了。

自喜欢他开始，见得最多的，便是这个背影。有一次，期末考试完那一天，她把答题卡填错了，数学考得一败涂地，把脾气一股脑儿发在他身上。

"就是你，前天说我这么粗心，考试肯定要吃亏。就是你这个乌鸦嘴了。"

她那时年纪小，家里看成宝贝似的，从来什么事都顺着她，她脾气上来了不知道克制，一股脑儿地拿人出气。

司屿便成了倒霉的出气筒。

她哭着闹着，真把司屿惹火了，他说："好吧，那我就先回去了，不碍你的眼。"说完，去马路边等回家的公车，留给她一个决绝的背影。

少年倔犟地站着，塞着耳塞听音乐，旁边竖着公车站牌。她揉揉泪眼，后悔了，轻轻地喊："喂，司屿。"

司屿，司屿。

他戴着耳机，没有听到她的唤。

公车来了，少年跳上车厢。

一阵烟尘后，只剩下那个公车站牌还孤零零地杵在原地。

那时，他总说："叶默宁，你怎么从来没有对我说过'我爱你'？你到底喜欢我吗？"

他从来不知道，这句"我爱你"，她说过很多、很多次。

——在她懊悔地看着他跳上公车的时候，在两人吵架时放下听筒的时候，在她把他送的礼物拿在手里翻来覆去地看的时候，在每一次他转身了以后。她所有的欢喜和伤悲，都与这个人拴在一起，渗入彼此生命的每一处罅隙。

司屿抱起猫咪，腰被她从后面环抱住。

她喃喃细语："你说，我们会永远在一起吗？"

"哪里有什么永远？"

"你！你自己以前说的。"她怪男友不解风情。

"真生气了？"他喜欢看她生气的样子，比阿宁还像猫，"其实，我……"正说着，工人们惊呼"小心"，一连好几根的钢管从他们身后的楼顶坠下来。

她眼前一黑，被司屿护在怀里。最近的一根钢管就落在他脚边，砰地激起大片大片的灰尘。

"喂！你们没事吧？"

几个工人围上来。"肥猫"在司屿怀里瑟瑟发抖，她也没事，只是呛了几口灰。

而司屿……

"脚跟刮伤了。"懂点急救知识的工友劝他去医院包扎一下。

他摆摆手，说："不碍事，没伤到骨头，我自己去吧。"

工人们说了一千个一万个对不起，离开了。

她搀扶他上车，应急药箱里，常备药品一应俱全。碘酒涂在伤口上，疼得他龇牙咧嘴。她又心疼又好笑。

"这么怕痛，刚才护住我时，怎么又那么勇敢呢？你真不怕死啊？"

"怕得很，要不是因为你……"

"看来，往后没有什么能将我们分开。"

"直到死。"他肯定。

"说'海枯石烂'，会不会有点土？"她笑。

"海当然会枯，石也会烂。一辈子有多长，永恒到底有多久，谁知道呢？但是，你放心，只要我还有一口饭吃，就不会让你饿着；只要我还有一口气在，就会守着你，谁也别想欺负你。"

她有点动容，鼻尖发酸，想哭，又想笑。这一辈子能遇到他，真是莫大的福气。

"默宁，我能力有限，也不知道将来能给你多好的生活，但是，我会给你我最好的一切。跟你在一起的时候，我最幸福，2012来了也不怕。"

她点点头，甜蜜地笑。

两人额头碰额头的画面，被夕阳描成美丽的剪影。

这时候，她还不知道，命运哪会如此仁慈？

它是风格诡异的棋手，轻松地拿捏把玩各色棋子。倘若有一天，一个灵魂很老很老的人与她谈起他们后来的人生，或许，他会告诉她：

你们这群人当中，有一个人从来不知道自己的生母是谁，有一个人毕生为秘密守口如瓶，有一个人的身体与温暖终年不遇。还有一个人，会死在离幸福只有一步之遥的地方。

二十年后你们再相逢，也许会感叹浮生若梦，帮昔日恋人拈去鬓间的白发。你们会说："原来事情会是这样子，当年的我们为什么没想到呢？为什么不早一点清醒呢？"

可是，别怨。

"宿命"两个字，从来就有这么多笔画。

周五，歌迷为沐轻菡举行追思会，地点设在她发行出道以来第一部电影的会议室。到处摆满了她每一场演唱会的照片，每一部电影的DVD，每一张专辑、每一个通告的视频资料……做明星便是这点好，一路走来的点点滴滴都有人记得，在粉丝的记忆里真真切切地活着。

默宁作为特别嘉宾出席活动。相比同来悼念的众大牌，她是无名小草。默宁拗着胳膊在角落里安静地端详场地中间的巨幅照片。沐轻菡这一辈子没有白活，可为什么她的每一张照片看起来都那么不快乐？

或许沐轻菡心里藏着秘密，她的灵魂，始终得不到救赎。

"叶小姐。"

有人轻拍默宁的肩膀。她是沐轻菡的经济人，方心如。今天特意穿一身庄重的深灰色，气质恬静。

"人死不能复生，叶小姐，节哀顺变。"

所有人都误会她是沐轻菡的血亲。

"谢谢，你能来真好。"

"于公于私我都应该来啊。"她从香奈儿小包里拿出一串珍珠项链，"这是沐小姐的。有一次，公司临时派我去参加派对，身上一件首饰都没有，沐小姐真是个好人，很痛快地取下这串珍珠就给我戴上……"她眼眶泛红，打量一下人群，轻声问，"那个人呢，他有没有来？"

"谁？林森泉？"

方心如摇摇头："林森泉那样的人怎么会来，当初要不是他悔婚，沐小姐也不会落到这样的田地。"

默宁没想到沐轻菡曾经跟林森泉订婚，他无权无势小白脸一个，竟然吸引到了沐轻菡的真爱，可见轻菡有多傻，她傻傻地，相信爱，相信他。

"姓林的以为沐小姐的积蓄很多，缠着她要买法拉利。"一贯温和的方心如也抱不平，"其实做艺人的，赚得多，花销也大，尤其是女明星，拍片的钱还不够买行头和请人……沐小姐为了他，跟公司谈提前解约，想安心回家过平淡日子，公司不同意，双方闹得很僵。没想到这个时候，林傍上了别的富婆，立刻就对沐小姐冷淡了……后来她差点在王总面前跪下，赔礼赔不是，下尽了脸面，才换来继续拍片的机会……"方心如解气地一口气说完，"所以，叶小姐，你说那样的人，他还会有脸来参加追思会？"

原来还有这一出。

沐轻菡比默宁想象的还要天真。

所有全心沐浴在爱里的女子，都天真如孩童。想起她照片里的不快乐，默宁愈加心酸，追问方心如："那你觉得，沐小姐的死，跟林森泉有关吗？"

心如吓一跳，连连摆手道："警察不是说了沐小姐是车祸致死吗？那是意外啊。"

默宁叹气。

"一个人丧失希望，没有求生欲望时，很容易出意外。"

心如想一想，道："我觉得，林森泉这件事情对她打击很大，但没大到要去死。她后来请假去巴厘岛，玩了整整一个月啊，回来状态就好多了。"

巴厘岛？

默宁心中一动，算算时间。嗯，没错，沐轻蔺应该就是在失恋后，跟"弟弟"他们去了巴厘岛，照片上的她笑得那么灿烂，真是看不出之前的阴霾。可惜方心如没去巴厘岛，照片又不在身边，默宁没办法问她是不是认识照片上的"弟弟"。

"那你刚才是以为谁会来呢？"

心如四下张望，人群里并没有她以为会出现的那个人。她叹口气说："算了，都过去了，他应该不会来……"两人聊了一会儿，心如得回公司上班，默宁送她出去，顺便站在门口等司屿来。

天空布满灰霾，她倚在路灯下，侧影寂寂的。

【五】看到那女生的时候，他的心像是被一根细小的针悄悄扎了一下，又扎一下。

将近下班时间，路上的车特别多。

"她到底有什么好？你说，你说啊！"小北泪光盈盈地质问。纪尽言不想答理她，伸头看红灯跳秒。

"当初你是怎么追我的，怎么说变就变了？尽言，其实你还喜欢我吧？我们重新开始，好不好？"她卑微地凑近，缠住他的手臂。他一把甩开，转过脸，带着笑。

那笑容是美的，比女生更美，却隐隐地渗着一股寒意。

她立刻噤声。

秒表跳到零，黄灯，绿灯。

他左拐上另外一条路。前方的车流如毛毛虫，缓缓蠕动。身边的小北沉默片刻，低头捂脸抽泣。

不就是分个手吗，至于念叨这么久？

在纪尽言的概念里，恋爱是开了封的罐头，昨晚再美味，一夜后，所有的芬芳都消散了。小北无休止的吵闹比塞车还让人难受。

尽言庆幸：还好昨天找了个分手公司的美眉来帮忙。

　　该公司的网站上写着：您想来一次完美的分手吗？您害怕分手后对方无休止的纠缠吗？您想开始全新的人生吗？请来×××轻松分手公司，我们用最专业的态度，帮您实现分手梦想！

　　"短信分手"五十块，"现真身装小三"两百块。

　　纪尽言阔绰地在电话里开价五百块，只要对方能帮他干净利落地甩掉小北，事成之后另有嘉奖。

　　小北喋喋不休地问："你为什么不喜欢我了啊？"纪尽言烦得要死。

　　分手公司美眉在短信里说："我在中和五路市民纪念馆北门的路灯边，穿白色T恤，你到了就Call我。"纪尽言开着车慢慢绕，绕到北门附近，一眼被路灯下的白衣女生所吸引。

　　"缘分"大抵是存在的。

　　缘灭时，你只看到，她在一群人里；缘起时，一群人里，你只看到她。

　　繁华街市，过客匆匆。看到那女生的时候，他的心像是被一根细小的针悄悄扎了一下，又扎一下。

　　酸酸的，痒痒的，带着一丝儿甜。

　　那个女生，正是叶默宁。

　　"滕司屿？呵呵，几个月不见，成熟很多了啊。"系主任好奇道，"听说你在亲戚的公司干得很好，怎么又辞职呢？"

　　"舍不得学校，回来先把本科念完。"他带来了一份公司的年度招聘计划，这次招聘会优先在他的母校举行。

　　"希望能给学校的毕业生就业问题帮上点忙。"

　　"哟，这真是帮大忙了。"系主任大笔一挥，批准了司屿复学的申请。走出系主任的办公室，司屿想告诉默宁这个好消息，匆匆往追思会赶去。

　　叶家老两口走到路口，又犹疑了。萧淑芬担心地问："她的追尽言的怒气浇灭了她的欣喜。

再细看，这男生的脸形、鼻子、嘴唇……跟小澈有九成像，唯独眼睛差别大。弟弟的眼角向下垂，看上去可爱。这男生的眼形狭长，眸子深邃，轻易地就能把你吸进去。

气场太邪。

默宁的父母赶到，老妈一见这男生，目光倏地定住。

老人面色苍白，克制不住激动，双手轻抖地走过去，脚步也放轻，生怕这是个梦。惊醒了，儿子也就没了。

"小澈……是你吗？"母亲不可能认错儿子，可她现在太急切，太想儿子了。眼前这孩子，像他，又不像他。

可怜天下父母心，她想认，又怕认错。

尽言撇开她的手，往后退两步。

远远围观的人群渐渐围拢，记者躲在人后拍照。

默宁上前搀住母亲，问他："你不认识我，那你认识她吗？"

"我是你妈妈啊，儿子……"老人家泣不成声。

咔嚓。咔嚓。

记者不停地拍照，众人议论纷纷，歌迷们也掺和进来。他们都认识叶默宁，纷纷问："默宁姐，这个人是谁啊？他跟沐轻菡有关系吗？"

一语中的。

记者们的新闻敏感性被点燃了，录音笔已开启，镜头也对好了。

小北被这场面吓蒙了，愣愣地瞅着人群，又看了看尽言。默宁和她的父母也等着尽言表态。人群顷刻间安静下来。

安静得有些诡异。

突然，有人认出了他。

"哟，这不是纪总的公子，纪尽言吗？"说话的是圈里有名的记者，"泡妞泡出火来了？哈哈。"

原来是桃色纠纷。

众人大笑，闪光灯对准他的脸，闪个不停。

"你TM乱说什么？！"尽言冲上去揪起那人的衣领，作势要打他。

那人绝对不是吃素的，巴不得他打。

"你打啊，这么多镜头对着，你一打，我立刻见报，叫你老子来赎你。"

话没说完，左脸上遭了一记重拳。

纪尽言吹吹拳头上的灰，挑衅地说："你自己要我打的，没见过这么贱的要求。"

那人火了，正要冲上来，司屿赶到，拉住他。

他在追思会场馆里找了一圈，不见默宁的影子。谁知所有人都在这儿。

空地上围了二三十个人，大多数是歌迷和媒体记者，司屿一一赔礼："不好意思，这是家事，家事。"又打电话叫人，送受伤记者去医院，好言相劝。

媒体的怒气稍稍消退。

"哥！你为什么跟那些人说好话？"尽言冷冷地说，"我打得还不过瘾呢。"

"臭小子！"老记者上前想揍他，旁边的人忙拉住，说："算了，算了，给滕司屿一个面子。"圈里人都在猜测，这个叫滕司屿的人是新贵，背后还不知道是什么来头，不好得罪他。

默宁见司屿来，正想告诉他，她找到了沐轻蔄照片上的那个男孩子，跟小澈像极了。孰料对方一声"哥"，惊得她恍然发现，原来自己是最大的傻瓜。

当初把照片给司屿看时，他明明知道她在找这个人，却一个字都不肯透露。

他明明是单亲家庭，养父未婚，什么时候多出了这个弟弟？

太多谜，太多谜。

她失落地想，原来，司屿对她隐瞒了这么多。

"哥，你认识这女的？"尽言指指默宁。

"你快回去吧，别惹事了。"

【一】他一直低着头，害怕只要一抬头，就会让他们看到眼底温润的泪。

打发掉小北，车里只剩下兄弟俩。尽言吊儿郎当地歪倒在副驾驶座位上。车速极快，司屿提醒他系好安全带，尽言"嗯"了一声，没头没脑地问："那女孩是你朋友？"

"哪个女孩？"

"认错人的那个，你刚才跟她说话来着。"他对她很感兴趣，"挺好看的。叫默宁？"

堂弟出了名地花心，司屿可不希望他瞄上自己的女朋友。

"你别打主意，好好待小北，人家是真喜欢你。"

摇下车窗，尽言在风里伸懒腰，少年清秀的脸上风情别样。

"如果我不是纪少钧的儿子，她肯定不会喜欢我。在酒吧里认识的女人，有几个好东西？"

"小北不像那种女孩子。"

"是吗？"尽言轻蔑地笑，趴在车窗上。

"哎哟，小祖宗，你可回来了。"

开门的是司屿的姑姑，一见尽言，立刻压低声音提醒道："你爸心情不好，一会儿别招惹他。"

宝贝儿子换拖鞋，撒娇道：

"好，老妈下的圣旨，我哪敢不听？"

"臭小子，就你最调皮。"他妈嗔怪。有子万事足，她的目光一刻不离儿子，好半天才瞥见司屿，客套地说，"司屿也来了？"

司屿的姑父是一家美资企业的中华地区总裁，休息日还在书房办公。司屿是常客，也不需要多招呼，一个人坐在客厅里看《环球时报》。

"你问下司屿，排骨是蒸，还是红烧。"

"哎呀，不用问，听我的就好了。"尽言的声音道，"红烧！红烧。"

"好好好，妈给你做红烧排骨。"

厨房里的这段话，钻进司屿的耳朵。他有点儿失神，心想，如果他也能叫她一声"妈"，该多好。他心底的秘密像随时会爆裂、迸出烂熟的汁液的紫色果实。

从小过惯了孤单日子，他以为这辈子都跟"母亲"两个字无缘。三个月前，养父参加公司例行体检，检查出患有淋巴癌早期。那阵子司屿失恋，日日靠烟酒麻痹自己。养父住院做化疗，他在一旁照顾，看上去比养父更憔悴。老爷子做完化疗回病房，只听到邻床病人的家属一阵号哭，原来那同样患癌症的老人就在刚刚去世了。他儿子，四十来岁的汉子，哭得跟个孩子似的，不停地喊："爸啊，爸啊。你走了这世上我就没个亲人了啊。"

在场的人都跟着难过。那瞬间，司屿的养父心想，如果现在不告诉司屿他的身世，万一有一天，自己这把老骨头驾鹤西去，世上就真的没人知道真相了。就连司屿的生母，也不知道有这个儿子。等人都散去，他低声问："司屿，你想知道你的亲生母亲是谁吗？"

司屿一怔："你知道？"

养父继续说："你答应我，现在不能跟她相认。"

"为什么？"

养父偏起来："总之，你得先答应我，现在不相认。"

司屿点点头："她是谁？"

"她身体很不好，有严重的心脏病，受不了刺激。其实，你早就见过她。她就是你姑姑，尽言的妈妈。"

司屿设想过一千遍一万遍，生母一定是走投无路，才狠心抛弃了他。

可姑父贵为总裁，家住千万级别墅，出入有豪车，在家有菲佣。姑姑除了照顾尽言，剩余的时间都用购物和做美容打发，哪里需要为衣食担忧？既然不是因为生活困苦，又为什么要抛弃他？

他不敢置信。

"那……尽言是我亲弟弟？"

"不是。他是你妈结婚后生的儿子。司屿，你是私生子。"

私生子，多么俗套的桥段。

他苦笑道："因为是私生子就要被抛弃？同人不同命。"

"哪有那么简单？"养父解释道，"你别怪她，她根本不知道有你这个儿子。当年她爱上了个有家的男人，那男人骗她说会离婚，等她怀孕，立刻消失得无影无踪。孩子六个多月了，她舍不得引产，硬撑着要生。结果难产，因大出血而昏迷。我趁着她昏迷的时候，打点了医生护士，把你抱走了。回头跟她说，孩子一出生就夭折了。她哭得死去活来，在床上躺了一年多才休养好。"

司屿听得愤慨，双手握拳，指节发白。

"是你把我送到福利院？"

养父老泪纵横。

"是啊，我一个单身男人，抱着一个不是自己的孩子，你说，能往哪儿去？把你送进去后，我每隔一阵子，就偷偷跑去看看你。血浓于水，毕竟，你是我的亲侄子啊。"

司屿默然，那时年幼，记忆模糊得似蛛网，稀疏渺远。

"后来，我实在是不忍心，把你抱回来，办理了领养手续，当成自己的儿子养。你妈，她到现在都不知道你的存在……司屿，你也知道，你姑姑心脏不好，上月才做过手术。你的出现，不仅会让她震惊，更会让她想起当年痛苦的经历。当年，她被那个男人折磨得……几次要去自杀啊。你忍忍，先不要说，等以后她身体好转，时机成熟了再说。看着她健康地活着，总比失去她好。"

忍。

好，他忍了下来。

于是，像现在这样默默地坐在生母家的客厅里，看着她和尽言母子情深，自己却始终是个局外人。

"来来来，吃饭。"姑姑和保姆端来的菜摆了一大桌子。

她特地端出一碗长寿面，对司屿说："过两天是你农历生日，怕到时候你不在咱家，先给你下碗长寿面吃。"

清清淡淡的一碗面，盖着金黄的煎蛋。司屿扒两口，鼻子发酸。

第一次有妈妈帮他庆祝生日。

没想到有生之年，还能吃到妈妈做的面。

尽言的筷子伸过去，正要夹走煎蛋，姑姑一拍他的手。他手抖，煎蛋又落回司屿碗里。

"有什么了不起。"尽言哼哼道，"上次我生日，面里烩了鲍鱼，比这个鲜多了。"

"你小子……"姑姑戳他的额头，讪笑着向司屿解释，"没想到你今天会过来，早上没去买鲍鱼，下次来吧，下次姑姑做给你吃，好不好？"

"这样就很好了。"司屿笑一笑，安静地吃面。

鲍鱼和煎蛋，亲生儿子和侄儿，自然有区别。

他不爱吃面，这一碗面却吃得尤为用心，连汤汁都小口小口地啜饮干净，直到汤碗见底。

他一直低着头，害怕只要一抬头，就会让他们看到眼底温润的泪。他答应过养父，先不说，哪怕她从来不知道有他这个儿子的存在，也比失去她好。

姑父打开书房的门，走到餐桌边，脸色阴沉。大家埋头吃饭，不敢多说话。保姆小心翼翼地躲去厨房。餐厅里只听见筷子和碗底的摩擦声和细小的咀嚼声，再也没有一句闲话。

"司屿，我看到这个季度的业绩报告。"姑父发话，"做得不错。我没看走眼，你是将才。"

尽言在一边哼哼："是将才还是酱菜啊？"

姑父瞪他。

"我看你才是酱菜，我怎么有你这么个没用的儿子？！让你学点公司财务，你一上课就打瞌睡！让你出国留学，你念了两个月就跑回来！你看看司屿，多懂事，多能干！"

"没用也是你的儿子……"尽言埋头吃饭，"儿子教得不好，只能怪老爸。"

"你！"姑父要拍桌子，门铃在这个时候突然响了。

"好了，好了，你们俩别吵了，吵得我心慌。"姑姑揉着心口，埋怨这门铃太闹心。司屿想，她的心脏这么脆弱，连门铃都能惊扰到她。如果告诉她真相……

"嗯，你让她等等，我现在下来。"尽言跟门卫说了两句，放下筷子，要下楼去。

姑父沉下脸："死小子，你是不是又闯祸了？"

尽言换鞋。

"哪有？一个朋友过来找我帮忙。"

"别乱交狐朋狗友。"姑父说，"有空就跟司屿学学管理，多看点有用的书！"

尽言不吭声。

姑姑心疼儿子，连忙往老公碗里夹一大块鸡。

"尝尝，尝尝这个。"

姑父放下筷子："都是你惯坏了他。女儿要贵养，儿子要贱养！宠他就害了他！你弟弟培养儿子比我们在行多了，你看，司屿这孩子多出色！"

"哥，你跟我一块去吧。"尽言拉司屿一块出门，"我要多跟你相处，学习学习你的优点。"

姑父满意地点点头。

"这才对，近朱者赤，近墨者黑。"

两兄弟沉默地站在电梯里。

红色数字渐渐变小。

尽言的脸色阴晴未定，他看着电梯玻璃门上司屿的身影和身旁的司屿，低低地说："你有没有发现，我爸老了。"他很爱自己的父亲，心疼他鬓角的白发，可他想不明白，"哥，你到底用了什么办法哄我老爸？为什么他老说我不如你？"

"望子成龙。"司屿说，"这正说明他对你的期望高，很在乎你。"

"为什么偏偏是你被拿来跟我比较？"尽言的眸子一点、一点阴下去，眼底的邪气越发浓重，"老是这么说，烦不烦？"

"有家长念叨是福气。我长这么大，没见过老爸的真面目。"

"我肯定也是抱来的。"

"哪会？别瞎想。"

尽言轻笑，手搭上堂哥的肩膀："其实，我好羡慕你。我爸爸喜欢你，就连我喜欢的女孩子，也是你的女朋友。"

电梯门叮的一声开了。

尽言往外走，肩膀被司屿摁住，站在原地动弹不得。

"你刚才说什么？"

他前方的尽言，侧过身子，用一种邪气而挑衅的笑容，轻描淡写地向他宣布——

"我喜欢上默宁了。"

司屿揪住他的衣领，压低声音警告："你别乱来，她是我女朋友！"

"怎么？你不是最理智的吗？怎么一提她，一点理智都没了？"

"你要是敢动她……"

"我又没说要跟你抢，你紧张什么？哈哈哈哈。"他笑，却感觉不出笑意。尽言抬头望望，天空被夹在楼宇之间，只剩下窄窄的一抹湛蓝。

约尽言的女人缩在保安室里。

她有着沙哑的嗓音，大约三十五岁，眼神怯弱。像一只被猎人惊动的兔子，小声地凑在尽言身边说话。司屿识趣地走到另一边，只听到隐约的几个字："需要钱"、"您放心，我绝对不会说出去"……

过一会儿，尽言走过来。

"哥，身上带钱没？"

司屿默不做声地扭过头，不理他。

"哥。真生气了啊？逗你玩的。"尽言作势撒娇，扯扯他的衣袖。

司屿这才转过脸，问："她是谁？"

"一个朋友，家里出了事，想问我借点钱。"

司屿认出这女人就是撞死沐轻蕾的司机的老婆。他冷下脸道："到底怎么回事？她怎么知道你家里的地址？"

"反正都知道了，你拿点钱给我，我打发走她。"

收下钱，那女人承诺再也不会来骚扰，千恩万谢地走了。保安也打点妥当。司屿把尽言拉回家，在走道里，狠狠问："那真的是车祸？"

"当然。"尽言没心没肺地笑。

"你别玩火！你知道姑姑有多担心你吗？！别让她操心。"

尽言甩开他的手，踩着人字拖，若无其事地往楼上走，撂下一句："少教训我！你又不是她儿子！关你屁事！"

司屿怔住，像是被兜头一瓢凉水浇个满面。他伫立在原地，拳头放松……又握得更紧。

兄弟俩再上楼时，姑父已经吃完饭，回书房忙碌去了。半小时签了三份文件，纪少钧的年纪已经不允许他这么拼命，但家大业大，总要有人操心。

尽言吃完饭去书房找爸爸。

"爸，上次你给我的财务管理的书，我看完了。"

纪少钧正在跟助手阿潘通电话交代公司事务，头也没抬，指一指茶几："你放那就好了。"尽言其实很认真，这几本书，他花了一个月的时间细细读完，就为了让爸爸知道，他不是窝囊废，他也有上进心，可以帮家里分忧。

他把书放下，人没有走。

"爸，我写了一份关于公司财务制度的建议书，你……"

"我现在没时间，你给司屿看吧。"

"爸，我……"

纪少钧回过头："怎么？懂事点，爸爸现在很忙，你给司屿看就好了。"

这份建议书，他做得很用心，为的就是让老爸刮目相看，比过滕司屿。见爸这么不耐烦，尽言冷笑道："哼！他做的计划书你当宝贝，我写的建议书你看都不看！纪少钧，到底谁是你儿子啊？！"

他顺手把那沓A4纸甩在地上。一阵风袭来，大风把雪白的打印纸一页页吹散。房间被弄得凌乱不堪。纪少钧气得挂掉电话，大喊："你个死小子！给我出去！"

尽言回身就走，砰地摔门。

一出门，只见妈妈在门外偷听。老妈的那几根白发，此刻看起来特别扎眼。尽言知道纪少钧在外面有别的女人，一直没告诉妈妈。见她那操心的样子，他想说"妈，我不是故意跟爸吵的"，话到嘴边又咽下去，只冷冷地看了她一眼就擦肩而过。尽言回到房间，这是个狭小封闭的空间，是他唯一感觉安全的地方。

他扑到床上，把脸埋进柔软的被子里，深深地埋进去，直到整个外界像消失了一般安静。只听到自己的心跳，扑通，扑通，在寂静中显得格外强烈。

他想，这个世界，是不是真的不适合他呢？

【二】当心爱的人真的睡在眼前，他停下手里的笔，静静地凝望她。

七点过十分，默宁洗漱完，大甲和簌簌还在呼呼大睡。簌簌眼皮都没睁开，懒洋洋地翻个身，说："要是点名了，帮我答一下。"扭头又睡得不省人事。

早晨的校园，空气清新，林荫小道的尽头，由远及近走来一位少女。她把两本书环抱在胸前，齐肩的发丝随风轻轻飘起。晨跑经过的男生，没有一个不回头多望几眼的。

这一条路，跟高中时上学的路很像。两旁种满香樟树。一到结子的季节，路面上滴溜溜地到处滚着果实，像一颗颗黑色的豆。她和司屿边走边踩，三五步一个，小黑豆炸裂在脚底，爆出一股辛辣的清香。

两人追追打打地去上学，到校门口默契地分开，装成路人甲混入清晨上学的大军。如今她独自走在相似的路上，恍惚间看到了过去的自己。她很想追上当初那两个少年，拍拍他们的肩膀，再看一遍那两张相爱的脸。

"四大名捕"之首发飙，今天不但点名，还要随堂测验。

默宁坐在倒数第二排，给簌簌和大甲发短信："有情况，快来！"发完埋头复习。一个男生凑过来，坐在她身边。

他紧张地瞥了她几眼，忸怩地抿嘴，心不在焉地翻书。

"同学……"他终于鼓起勇气，问默宁有没有兴趣参加校钢琴社。他是钢琴社的副社长。

"这张唱片送给你，都……都……都是我弹的曲子。"男生很害羞，斯文有礼。面容清瘦干净，一双手更是白皙修长。

唱片包装精致，系粉蓝色缎带，用足十二分心思。默宁想，这么用心，她该怎么拒绝好呢。这时，司屿装模作样地拿着课本赶到，坐在她身边，用最绅士的姿态接过那唱片。

他那张俊美逼人的脸，明明就是一只笑得优雅的老狐狸的脸。

"谢谢，我代我女朋友收下了。"他装模作样地端详唱片，说，"有空一定听听。"

那男生看到司屿和默宁紧挨着坐在一块，心吧嗒吧嗒碎成N块，识趣地推说有事，先走一步。

滕司屿这种人，理智，斯文，绝对不会做出格的事情。但只要有人跟默宁搭讪，他总能以万分之一的准确度，掐断一切被挖墙脚的可能。

默宁没好气地说："我在你面前，真是一点秘密都没有。"

司屿听出话中话，笑。

"想不想知道昨天那男孩子是谁？"

昨晚，默宁带父母回家。一回家，老两口就展开热烈讨论。他们左思右想得出结论，这男孩应该不是小澈。他比小澈高出七八公分，下巴更尖，眼睛狭长，更重要的是，这孩子眼神太邪，跟老实巴交的儿子根本不是一路人。

老妈说，一定是太想君澈了，见到那孩子，一下子失了态。

她说："赶明儿，你让司屿带那孩子来我们家，让我再好好看看。"

老爸说："看什么看？看十遍百遍也不是你生的！别指望着跟人家攀亲戚。"

"他是我堂弟，我姑姑的独子，叫纪尽言。"司屿顿一顿，"也在我们学校读书，比你高一年级。"

原来如此，默宁想，大甲之前在食堂看见的帅哥，就是他了。

"沐轻菡的照片里怎么有他？他们什么关系？"

司屿沉吟道："好像是交往过。"

默宁吓一跳：足足差十几岁吧！

"在沐轻菡家看到他的照片，照片太模糊，我觉得像，又不敢肯定。坦白跟你说那是我堂弟，怕你误会了他。如果跟你说是小澈，又平白给了你念想。"他叹气，话语中净是无奈，"尽言和小澈，初看时像，其实是两种人。"

"没有血缘关系？"她问。

"不会吧？"他仔细想想，尽言和姑姑长得很像，小澈又是她家的亲生儿子，"应该不会的。"

她沉吟。

冷不防听见老教授点到"林簌簌"，默宁一激灵，脱口而出：

“到！”

喊得太大声，又没用书遮脸，一点都没掩护自己。

万幸，老教授没抬头，继续点名："张大甲。"

默宁又答："到！"

这两个家伙，说了要点名，还不来。

司屿想，这也是女孩子的名字？好生猛。

这一回，老教授没听清，抬头问："张大甲到了没？"

"到。"台下传来幽幽的一声。

老教授扶了扶眼镜，硬是没辨出这一声幽幽的"到"是从哪儿传来的。他板起脸道："张大甲同学，站起来让我看看。"

完了……

默宁像升国旗一般，缓缓地站起来。周围的同学默契地不做声。

老教授一看，嗯，挺顺眼的一个小姑娘，就是名字太……一听就不是省油的灯。

他点点头，示意默宁坐下，接着又点："叶默宁？"

没有人应。

"叶默宁？"

还是没有人应。

"叶默宁同学，没来吗？"老教授正要在点名表上画叉，只听得教室里响起一声"到"，他抬头，想找一找这位叶默宁同学。

眼看着老教授的目光像探照灯一样在教室里巡视，她的心一下子悬到了嗓子眼。

刚才那一声"到"，是司屿尖着嗓子喊的。

她忐忑不安地望望旁边的滕司屿。

他倒好，气定神闲地翻书。

老教授巡视一圈，没见着啥异样，继续点后面的大串名字。

她这才喘口气，扭头对司屿说："你刚才真是吓死我了。"她心有余悸地笑，"没想到你学女孩子声音，这么像，真不像是帅哥该做的事。"

司屿冷下脸道："还不是为了你？"顿一顿，又说，"我复学了。"

"啊？"

"昨天跟系主任谈好的，下周来上课，不过我的课拖了快半年了，可能要跟你们这届一块上课。"他问，"要跟男朋友一块上课了，开心吧？"

默宁白了他一眼，心猿意马地听课。这个教授的课讲得不错，大伙听得津津有味，只有他俩怎么都平静不下来。

好久没有这样挨在一起上课了。高中时那会儿，哪里有大学这么自由？谈恋爱就像地下党开展工作，要应付老师和家长的两面围堵。在学校里根本不敢牵手或并排走，只有在图书馆自习，才敢靠得近点儿。

年少的恋爱唯美寂静。

他们在图书馆自习，担心老师发现，隔着一个位置坐。夏日午后，蝉儿躲在或明或暗的绿叶中唱歌，她枕着浸满蝉鸣的书页睡着了。窗外，淡黄色的花朵在风里簌簌地落。他听见自己的心脏跳得越来越快。

十六七岁的男生比女生想得更多。

班上大多数男生都看过A片，晚上的寝室卧谈会，大家讨论班上的女生谁的脸蛋最美，谁的身材最Hot，隐隐期待着交了女朋友后的亲密接触。那种年纪里，青春懵懂，荷尔蒙作祟。夏日躁动的空气里，暧昧的气息像幽暗的魂灵，从一个肩头跃往人群里另一个肩头。司屿也不过是个普通男生，跟默宁在一起，难免想亲近她。

彼时日光明媚，少女眠在午后的清风里，皮肤娇好，微微发光。奶白色野猫无声地跃上墙头，望一眼窗户这边熟睡的女孩，重新跳进风里。

当心爱的人在你面前熟睡，你会怎么办？

有的人说，亲她一下。

也有人说，在她额头上画只小乌龟。

更有人说，机不可失，扑上去呗。

当心爱的人真的睡在眼前，他停下手里的笔，静静地凝望她。只是看着，看着。Just can't take my eyes off her.

"看什么看？"默宁脸红。

他在课桌下捏住她的手，捏得太紧，她吃痛，低低地说："轻点啦。"

"就握一下。"

"你就是只大尾巴狼。"

"专吃你这样的小白兔。"

两人你一言我一语，正斗嘴，冷不防听到背后响起簌簌的声音。她幽幽地说："两位谈恋爱的小朋友，你们演完了吗？我快被嗲死了。"

"你们什么时候来的？" 默宁尴尬地看着她和大甲。

"刚从后门溜进来，就看到你们俩演偶像剧，那叫一个郎情妾意呀。"簌簌做娇嗔状故意推大甲一把，"你就是只大灰狼。"

大甲心领神会，结结巴巴地说："老老……老婆，我我……我只吃小白兔的。"

喀，喀。

司屿咳两声，淡定地听课。默宁大窘，伸出"魔爪"想要掐死他。簌簌诡异地一笑，悄声提醒她们："嘘，你们看，他的耳朵。"

他一贯镇定冷漠，极度理智，泰山压顶而面不改色。此刻，耳根上的潮红却出卖了他。那红色迅疾地蔓延，直至整个脸颊。

台风天，雨滴藏在沉甸甸的云朵里，犹疑片刻，咆哮着轰然落下。

梁辰儒抿了一口茶，铁观音的香气伴着茶水直灌入喉，他不禁赞叹："好茶，好茶。"

叶子笙为他添满茶杯。

"不嫌弃就多喝点。默宁马上就回来了。"

梁辰儒眉心紧锁，又打量了一番这个家。叶子笙是大学教授，收入不是问题。他老婆萧淑芬退休，把家里打理得井井有条。默宁这些年的日子，不会差。只是这丫头，现在什么样子了呢？他放下茶杯，潮热的手心上汗珠细密。七岁的女儿小柔抱着一只玩具熊，好奇地摸摸爸爸的胡子，奶声奶气地问："爸爸，那个姐姐长什么样呀？"

"爸爸也没见过。"

他温暾地答。年过五旬的男人，第一次这么紧张。

门铃响后，萧淑芬接过门外递进来的雨伞。

"妈，还好你在我书包里放了伞，雨好大。"少女的嗓音，不似同龄人那么清亮，沙沙的，载满故事。梁辰儒先坐直了身子，又情不自禁地站起来。

"默宁，来见见，这位是梁叔叔。"

女孩子走进客厅，自然地抿嘴一笑："梁叔叔好。"

"你好。"梁辰儒忙说。

十几年不见，襁褓中的婴儿已是亭亭玉立。

白皙的一张脸，说不上很漂亮，但那份清丽却足以动人。眉目之间，依稀看到某人当年的影子。他感慨，血缘真奇妙，哪怕她和生下她的那个人的生活在若干年里没有任何交集，容貌却还是往那个人的方向生长。

"默宁，他就是沐小姐的前夫。"爸爸打消了她的疑惑。

默宁捋一捋额前的碎发，打量他。

一直专心玩熊的小柔，撇下她心爱的小熊，蹭到默宁身边，乖巧地叫一声"姐姐"。默宁抱起她，在她脸颊上亲上一口，问："小宝贝，你叫什么名字？"

"姐姐，我是小柔。"

默宁想，这难道就是沐轻菡和梁先生的孩子？

"她是我的小女儿，今年七岁。"梁辰儒说。大家在客厅的沙发上坐下，他问，"听说轻菡把所有遗产都给了你？"

"这个……"默宁望一眼爸爸。

叶子笙忙解释："梁先生现在住在悉尼，经营一家会计师事务所。"

在悉尼？

沐老太太也在悉尼。

"嗯，我打算把这笔款子捐给玉树和舟曲，给孩子们建学校。梁叔叔你觉得怎么样？"

梁辰儒笑起来极有风度。

"好，不过……算上我一份。"他爽快地开出一张支票。

默宁定睛细看。

嗬，大手笔。

既然跟沐轻菡离婚了，又富裕，为什么要来找她？

"叶小姐，你有没有兴趣去悉尼留学？"梁辰儒说，"那里的环境比国内好，学费和生活费用，我会帮你解决。"

她回绝道："谢谢谢谢，不用。"

余光瞥见父母分明松了一口气，他们早就知道梁辰儒来这里的意图，就怕默宁答应要去悉尼。抬眼见到父母花白的鬓角，默宁觉得难过，任何时候她都不会抛下父母的。

梁辰儒很失望。

"签证、担保和学校，这些都不是问题。只要你愿意……"

"不，谢谢。"

"那好吧……"他抬手看表，离航班起飞还有两小时，于是起身告辞。一家人送他和孩子出门，小柔舍不得那只玩具熊，默宁蹲下来摸摸她的头："姐姐把它送给你，好不好？"

"姐姐为什么不跟我们去悉尼呢？"小孩子原来一直在听大人说话。

"因为姐姐的家在国内啊。"话音刚落，默宁突然看到，梁辰儒的眼眶晶莹。

脆弱只是一瞬间的。

他走过来，用力握一握她的手。

用力地握，像是要把这只娇弱的手揉到自己的掌心里。他竭力克制自己的情绪，嘴唇动了动，用几乎听不见的声音，轻声说："对不起。"

为什么要说对不起？

默宁愕然，再回过神，梁辰儒和小柔的身影已遁去。

走廊的电梯门合上。

【三】话音未落，只见她的眼泪无声无息地坠。

"爸，妈，他到底是谁啊？"默宁问。

没人回答。

叶子笙将茶杯斟满，边饮边吟："迷津欲有问，平海夕漫漫。"

老妈收拾桌上的果皮，担心地问："默宁，你不去悉尼，不后悔？"

她抱住老妈撒娇。

"环游世界都不如待在妈妈身边好。"

老妈放心了。

"那就好，那就好，我们老两口，就剩下你这个宝贝了。"

还有个念头在默宁脑海里盘旋不去。

"妈，我们家跟沐轻菡真的不是亲戚？"

"哪里有这门子亲戚？"老妈岔开话题，"老爷子，晚上想吃什么？"

默宁走到阳台上，一辆银灰色小车从车库里开出来，载上梁氏父女离去。路灯下，一个戴帽子的瘦削女人静静地看着车离去，然后抬头望向默宁家的方向。她的视线与默宁对个正着。

一个在地面，一个在四层楼的阳台上。

视线如光束，悄然聚焦。默宁莫名地打了个寒战。

"嗯，嗯。你们对视了一会儿，然后她就走了？"司屿用耳朵和肩膀夹住电话，手中拿着两份待签字的文件，"你回学校的时候，那女人还在不在？"

默宁下公交车，边走边打电话，进了校门。

"不在，我心里总觉得毛毛的，好奇怪，梁先生好奇怪，我爸妈也支支吾吾的，好奇怪。"

"你今天是'好奇怪'小姐？"

"喂！一点都不好笑。"

"哈哈。"司屿想象她发怒的样子。喜欢一个人，就会把她当成孩子一般地宠。方芳走到门外，听到说话声放轻了脚步，透过门缝望去。

坐在办公桌前的司屿，笑意盎然，一脸阳光。

方芳怔住，继而怅然，除了叶默宁，再没有人可以让他露出这么明媚的笑容。

天色渐晚，走到六食堂附近的小道，身边来来往往的同学少了许多，路灯没有亮，周围一半日光一半月光。默宁继续跟司屿打电话，加快了脚步。

突然间，她听到身后一阵与自己节奏相近的脚步声。

跟随着她走路的脚步轻轻的，她停，那人也停，她走，那人立刻跟上来。

最近常发生校园抢劫案，会不会……她害怕了，压低声音对电话说："司屿，好像……"还没说完——

嘟。

有紧急电话插进来。

司屿一看电话号码是姑父纪少钧的，连忙要默宁先等一等。半分钟后，他的声音疲惫，似乎发生了重要的事情。他对她说，晚上不能陪她去学校看话剧了。

"哦，好吧。"她回头望望，那人没有跟上来。

急步走出小道，快到寝室了。

默宁懂事地说："没关系，你去忙急事吧。"

"你找簌簌或大甲陪你去，乖哦。"司屿放下电话，门外的方芳轻轻叩门。

"请进。"

方芳将一份报告放在他的办公桌上："滕总，这是您要的关于叶默宁和沐轻菡之间关系的报告。"

他急急地关电脑，整理衬衫，把报告放进抽屉里。

"你现在不看？"

"家里出事了，这儿先交给你。"说完，他拎起包大步出门，留下她独自站在办公室里。她咬了咬下嘴唇，血色如蔷薇在唇上悄然绽放。

今天来找他有两件事，一件是交报告，一件是私事。司屿复学，她也打算辞职，话没说出口，他就走了。滕司屿的时间，从来不会多留一分钟给她。

方芳惆怅地叹气。

不知道司屿看了那份关于叶默宁的报告后，会怎么想。她可是大大地震惊了一回。

楼下，司屿拦了辆车去医院——五分钟前，姑父打电话来，说："你姑姑心脏病复发，情况很危急！快来！"

复发，复发，又复发了。

在疾驰去医院的车上，他无心看风景，掩面想着这一次复发可能会导致的一切险况。除了生母平安无事，其他任何一种情况他都不能接受。

姑父在医院走廊上眼巴巴地等，一筹莫展。见到他来，无力地指着前方的重症监护室，说："刚抢救完，暂时还不能进去。"

"尽言呢？"

姑父直摇头："提都不要提他，不知道上哪鬼混去了，关键时候根本找不到人！"

司屿默然，在姑父旁边坐下。据他所知，尽言除了告诉父母的号码外，还有好几个号码，专门在不希望父母找到他的时候用。

晚上七点半，S大小礼堂人声鼎沸。

纪尽言倚在门边，打量座位上的每一个面孔。

小北发来短信："尽言，我试过劝说自己放弃，可就是习惯不了没有你的日子。让我再见你一次，哪怕就看一眼，只看一眼，好吗？"

尽言递给同伴Jason看。

"哟，这么深情？小北什么时候开始走文艺路线了？"Jason愤愤不平，嫉妒地舔舔嘴，"挺水灵的一个姑娘啊，说不要就不要了？"

"不喜欢了。"

Jason一愣，目光复杂："那你当初为什么追那么猛？这妞还是我先看上的。"

陈年旧账，兄弟其实都记着。

尽言的目光在一张张年轻的脸上徘徊，最终落定在其中一人身上。诡异的邪笑，如涟漪在湖水镜面般的面孔上漾开。他把那女孩指给Jason看："你觉得怎么样？"

"新目标？"

女生坐在第三排，一个人来的。白皙的一张脸，清丽可人。Jason揽住兄弟的肩膀，说："姑娘看上去挺清纯的啊。你就发发善心，别祸害人家了。"

尽言冷笑。

"为什么不？"

他撇下同伴，像盯上猎物的孤狼，笃定地朝那女生的座位走去。

离话剧开场还有十五分钟，礼堂里的音响转播校园电台。一曲Carlos Gardel的《Por Una Cabeza》，小提琴用优雅的旋律控诉命运的无常。

默宁凝神听，突然，音乐断了。

主持人笑吟吟地说："现在进入点歌时间，我真的好羡慕好羡慕第一位幸运的听众。一位不愿意透露姓名的男生，为经济学院2010级的叶默宁同学，点了一首王菲的《暗涌》，很老但很美的歌，他想说，如歌中所唱，越美丽的东西，越不可碰……'可是，这一刻，你越美丽，我越想得到你'。"

三四百人的小礼堂一片哗然。

"你越美丽我越想得到你？这也太赤裸裸了吧？"

"脸皮太厚了，这男生好大胆，好刺激。"

淡淡的童声，载着挣不脱命运的苦闷，在礼堂里响起。

"就算天空再深 看不出裂痕

眉头 仍聚满密云

就算一屋暗灯 照不穿我身

仍可反映你心

……

害怕悲剧重演 我的命中命中

越美丽的东西我越不可碰

历史在重演 这么烦嚣城中

没理由 相恋可以没有暗涌

……

仍静候着你说我别错用心

什么我都有预感

然后睁不开两眼看命运光临

然后天空又再涌起密云"

会场的灯光渐暗，默宁窘迫地躲在角落中，所幸没有人认识她。

她想，这是司屿点的？但司屿会说这样的话吗？

这时候，炽热的白色光束聚集在台上。大家的注意力都被吸引过去的时候，她身边的空位，悄无声息地坐下一个人。

光线柔美暗淡，在昏暗的礼堂里，那少年不请自来。默宁随意望去，目光定住。

居然是他。

男生故意闹出动静坐在她身边，又一声不吭。直到察觉到她的目光在自己脸上停留，才故意迎面望过来，与她的视线相撞，让她难堪。

"看什么看？"他笑时，嘴角略歪，邪气得让人沉迷。不得不承认，纪尽言的确有资本当浪子。家世好，长得帅，善于勾起暧昧气息。在"点歌"和"深情对视"之后，他自信气氛已被调动起来，故意说："看一秒钟，收费两百……看在你是美女的分上，倒贴请你喝咖啡，怎么样？"

默宁拎包，起身要走。

"这么讨厌我？"他拉住她的手。

换做别的男生如此轻浮，她定然一个白眼走人，可他是纪尽言！面孔几乎跟弟弟一模一样的纪尽言！

她对这张酷似至亲的脸，没有免疫力。

他的笑渐渐变冷。

"叶默宁，我要你坐下来。"

话音未落，只见她的眼泪无声无息地坠。

犹如慢板的音乐，优雅静谧。

有着如月光一般隽永面容的女生，眼中凝泪地看着他——这画面在许久许久以后，依然有生命似的活在尽言的记忆里。

她干净利落地拒绝，说以后都不要看见他。

从来没被女生这么冷落过，他有点受伤。

"我哪里惹你了？看都不想看到我？"

"不，是我看到你的时候，会难过……"她撒开他的手，急急离开，与找来的Jason打了个照面。微光中，他发现默宁在哭，连忙摸索到座位上坐下，悄声问："喂，纪尽言，你下什么毒手了！二分钟就弄哭人家了。"

"滚！我比你还纠结。"

"怎么不追？真不像你穷追猛打的风格。"

尽言不说话，往后靠在椅子上。

点歌，调戏，原本都只是玩玩而已。

因为她是哥哥的女人。

可见到她眼中的泪光的刹那，内疚像纤细的蚕丝，细细密密地拢上心头。许久，他长长地叹气，问Jason："我长得很苦？"

Jason从没见过他这么纠结的模样，忍住笑道："不不不，你长得一点都不苦，挺帅的。"

"就是嘛。"纪尽言从来自我感觉良好，"那她怎么说看到我就会觉得难过？"

"女人心，海底针，天晓得。或许她有什么过去？这女孩子，感觉跟别的女生不同。"

"你觉得她特别？"在乎的女生得到兄弟认可，尽言很得意，"我也觉得这妞不错。追着好玩试试，不好玩就拉倒。"

这句话，彻底让Jason震惊。

他太了解尽言。

往常遇到美女，尽言总说："这个妞，老子一定要弄到手玩玩。"他看上的女人，从来逃不出他的掌心。自信到臭屁的纪尽言，今天说话却留了条退路，说"不好玩就拉倒"。可见，尽言对叶默宁根本就没有把握。

这一局，未曾开始，尽言在心理上就输了一筹。

只有在心爱的人面前，才会让你觉得卑微，低到尘埃里去。Jason暗暗想，终于有一个女生能收服纪尽言这个小魔王。

他动真心了。

寂静的走廊内，一盏孤灯幽冷。

时针指向晚上九点，护士推开重症监护室的门，摘下口罩，面无表情地问："谁是滕司屿？"

司屿站起来。

"病人想见你。"

"对啊，姑父你时间紧，我跟尽言又在一个学校，她要我平时多照顾弟弟。"

姑父相信了，叹道："也是啊，我平时对他们母子俩关心得太少。"

司屿摁一摁他的肩膀，一个人慢慢地走到僻静处。

夜凉如水，朗朗月华里，一颗星寂寞地落在天边。

直到身边没有任何人，他倚在窗边，拨通了那个熟稔于心的电话号码。

【四】他说："我要你记住我的名字，我是纪尽言。"

女生寝室里一派忙碌景象，默宁洗完脸，手机狂叫。

簌簌递手机过来："你们家那位。"说完，两眼冒小星星，赖在旁边偷听。

"死开啦。"

默宁支开她，躲到一边接。

"喂？"

他没有出声。

她感觉到异样，柔声问："怎么了？"

他还是没有说话，她隐约听到伤感的呼吸，许久，许久，他小声如呓语："默宁，你会一直陪着我吧？"

"当然。"她避开大家，走到阳台上，轻声问，"出什么事了？"

"没什么……"他的声音，听起来真的很虚弱，"只是忽然觉得，孤零零的。"

纵是母亲也不爱你的孤独感，让他感到一阵彻骨的寒。

世间熙熙攘攘，却好似无人旷野。

第二天，司屿和兄弟们约在食堂见。

浣熊和大龙都读大三了。大龙念计算机，从大二开始就没去上过课，天天泡在猫扑论坛里。浣熊的妈妈得了场大病，等照顾妈妈病好后，浣熊像是变了个人，天天泡在图书馆复习，要考上重点大学读研究生。虽然兄弟三人走的路大不相同，他们心底还是认定司屿是老大。浣熊屁颠屁颠跑去买饮料的工夫，大龙问司屿怎么没把默宁带过来。

"心情不太好，不想把负面情绪传给她。"

大龙摇摇头："我认识的哥们里，就你最疼老婆。"浣熊买饮料回来，说刚才在那边买饮料，看到一个男生在帮叶默宁提开水。浣熊以为认错了人，仔细一看，真的是叶默宁。她还对浣熊点了点头，打招呼，旁边的男生立刻问她浣熊是谁。

大龙说："那男的长什么样啊，忒嚣张了吧？！"

"以前碰见过，好像是他们班班长，混得不错，才大一就当了学生会副主席。连我跟她打招呼都在意，那男的肯定在打她的主意。"

虽说在同一所学校，转眼也很久不见了。

"这次碰头，发现嫂子……比高中那会儿漂亮多了。"浣熊回想起刚才那惊鸿一瞥，心动万分。当年，是他先喜欢叶默宁，却被老大抢先一步追到。

司屿对默宁用情至深。大伙都说，滕司屿和叶默宁，肯定是要手牵手进教堂的。

谁料风云突变，小澈竟然出了那样的事。当初，司屿担心危险，不肯带叶君澈去。叶君澈趁家里人都睡下，半夜偷偷溜去火车站，吓了在等火车的司屿一帮人一跳，无奈之下，他们只得带他一起上火车，临时补票。十五岁的少年哪里知道，这一去，便再无归期。

他们的登山队出了事。

所有的搜救队员都说，找不到小澈的尸体。默宁向滕司屿追问从那以后，跟他们在一起时，默宁尽量不上洗手间，免得别的女生去洗手间时，看到有两个男生像门神一样立在左右，都不敢进去。

又看到熟悉的三人组。

老徐从自梦幻中哐地掉回现实，脸色一沉。

他握紧开水瓶的提手，低低地问："那些人都是谁啊？"

簌簌等的就是这一句。

她拍拍老徐的肩膀，指着从食堂里出来的那三兄弟中走得最慢的一个，说："看，看看那个。不错吧？他就是咱们家默宁的男、朋、友！"

本以为追叶默宁十拿九稳，忽然杀出个正牌男友，你叫老徐情何以堪？他死撑，停都没停，催默宁快走。

老徐想快步走过去，让默宁跟这个"男朋友"擦肩而过，不让他们有狭路相逢擦出火花的机会。

可是，太迟了。

大龙是什么人哪，大龙当年可是校运会短跑纪录保持者。

他一口一个"嫂子，等等啊"，跑上前去挡在默宁面前。老徐火了，拿出学生会干部的架势，厉声喝道："喂，你干什么？"

大龙看都没看他一眼。

"给老子弹开，大一的小鬼。"

老徐被他一米八五的大块头镇住，不敢说话。

"哎呀，是司屿啊，来接你家默宁啊？"

一见到男主角出现，簌簌角色上身，扭着水桶般的小腰上前，连拉带拽地，把司屿推到默宁身边。老徐捏紧开水瓶的提手，酸溜溜地问默宁："他真是你男朋友？"

从食堂回寝室的小路不过三米宽，司屿他们几个人身高都超过一米八，往路上这么一站，小路立刻显得挤了。端着饭盒或是拎着开水瓶的女生从几个大男生之间低头钻过去，不忘回头偷偷瞄一眼。

男人生了一张好看的脸，比女人更祸害众生。

高中时，默宁不光受到全校女生的目光洗礼，还常常收到莫名其妙的挑战书，说什么"你身材一般，长得又不好，凭什么跟滕司屿在一起"。参加校园手工制作比赛，她的参赛作品被人故意扔到角落里，吐满口水。

起初默宁还在司屿面前抱怨，后来啥也不提了。

她怕太爱他、太依赖他，让他变得太骄傲。

司屿见她眼睛底下两片荷叶的颜色，疼惜地问："你又熬夜了？"

默宁点点头："是啊，快考四级了。"

老徐忙帮腔："我们默宁真乖……默宁，你的复习笔记抄完了吧，明天拿给我看看。"

时时刻刻炫耀亲密，说完还用余光瞟一眼滕司屿。那个娘劲儿，簌簌和大龙都受不了了，簌簌忍不住说："老徐啊，默宁的男朋友来了，让他帮忙提开水得了。你就帮我提吧。"

簌簌和大甲的开水瓶一直都是自己提着，她们胳膊都酸了。

大甲把开水瓶往地上一放，揉揉小臂，唠叨着，总算来了几个纯爷们。大龙把簌簌和大甲还有老徐手里的开水瓶统统揽下。

他对老徐说："来来来，我来。这种粗活不适合小胳膊小腿的人干。"

那一刻，老徐的脸都绿了。他本来想多陪默宁拎几次开水，用一个月的时间火速将她拿下。找了这么有钱的女朋友，往后毕业了还用愁工作？

学生会不是白混的，多少学会些官腔，眼看着事情要黄了，他眼睛一瞪，声色俱厉：

"你们哪个系的，怎么说话的？"

大龙单手提了三个热水瓶，正愁没处搅浑一江水呢，听老徐这么一说，立刻兴奋了，也跟着抬高了嗓门。

"我们班班长，老徐。"

"他好像挺喜欢你。"

她故意说："我现在很受欢迎，追求的人从宿舍排到校门口。"

"哦。"

默宁偷偷看他，只见他侧脸表情平淡，隐隐失落涌上心头，她以为他会吃醋呢。从前的滕司屿最爱吃醋。高一时，语文课代表对她有点意思，每天收作业本，总亲自来默宁的桌上催。

有一个周二，课代表不光来收作业，还带了一罐光明草莓酸奶给她，说："这是我妈妈早上给我的，你喝吧，很好喝哦。"

默宁杵在课桌前，只听见教室后排的女生齐声尖叫。司屿带着他的两个跟班进来，司屿冷着脸，代默宁接过那瓶酸奶。扎开，递给大龙喝，然后对那课代表微笑，说："我代我女朋友，谢谢你的关心。"

那课代表吓得连话都不会说了。

半天，挤出一句"学……学……学长……长早啊"。

自那以后，每天早晨她都会收到司屿带过来的一大盒酸奶，通常是六连杯，或是三连杯。籁籁在一边说："你家默宁是吃猫食的，哪里喝得了这么多啊。"

司屿用余光瞥了瞥收作业的课代表，故意抬高嗓门，说："喝不完就扔掉，咱家有的是钱，还缺几罐酸奶？"原来，这家伙还在介意那罐酸奶的事。

现在，最爱吃醋的这家伙真的变了？

之后的小段路程里，司屿一直沉默。女生宿舍的大铁门近在眼前，他把开水瓶交给默宁提着，装作若无其事地问："喂，追你的人，真的从这里一直排到校门口？"

默宁汗。

"开玩笑你也信？"

"为什么不信？"他摆明在吃醋，"刚才尽言跟我说话，眼睛却在看你。"

　　默宁噤声，她不知道昨天点歌的事情他是不是知道了。拎着开水瓶上楼，忍住回头的冲动，一口气上到三楼，拿钥匙开门，脱鞋，轻轻撩开窗帘的一角，偷偷朝楼下望去。

　　他已经走了。

　　一个人走在宿舍外的路上，低着头摆弄手机。过一会儿，默宁的手机嘀的一声，司屿发来短信说："我堂弟比较任性，你尽量少跟他打交道，免得惹麻烦。乖。"

　　"嗯，好的。"她回过去，只见收件箱里还压着一条刚发来的短信，号码陌生，语气放肆。他说："我要你记住我的名字，我是纪尽言。"

　　果然跟司屿说的一样。任性，不按牌理出牌。可她越是不想记，越是记住了这个名字。

　　连同那张酷似弟弟的脸，像图腾一般印在心上。

Chapter5

透明的悲伤

如果过往恋爱都是逢场作戏，
那这一句，是真心。
真真切切地，交出了心。

【一】可惜不是付出全部真心的人，就能得到幸福。

过了两天，下晚自习时，她们寝室的室友一起跑到校外去吃夜宵，回来路过校门口，只见纪尽言从一辆保时捷上下来，开车的是个美女。

车疾驰而去，尽言转头，看到叶默宁，也不打招呼，若无其事地跟在她们身后走。

学校很大，从门口到女生宿舍，步行要二十多分钟；加上又是晚上，行人稀少，有这么个帅哥跟在后面，几个女生只觉得后背的皮肤绷得发紧。

男生宿舍明明不是这个方向，默宁不好发作，满心尴尬。簌簌睁着星星眼，花痴地悄声问："滕司屿的弟弟叫什么名字？好帅。"

正说着——

"Hi！"

大手搭上默宁的肩膀，她吓一跳。

尽言一直笑："就你最好玩。上次见到我就哭，这次又一惊一乍的。"

簌簌多嘴道："那当然，谁叫你跟小澈长得……"

见默宁瞪她一眼，立刻噤声。

他来了兴趣，追问道："我跟谁？怎么？"逼近叶默宁的脸，"难道是我长得像你的初恋男友，所以你一见到我，就特别紧张？"

默宁咬嘴唇。

"你不怕我告诉你哥？"

尽言笑得更邪恶了。

"怕啊，当然怕！所以我提前告诉过他，我喜欢你。"

遇上这种人，根本无理可说。

再见薄雪草 少年

他美其名曰"几个美女走夜路，没有王子护卫怎么行"，一路将她们送到女生宿舍门口。默宁回屋不久，又收到他的短信，被叫了出去。

纪尽言提着两袋零食，站在宿舍楼下等。侧影清秀，吸引着过路女生的目光。他与滕司屿这两兄弟，天生是发光生物。

"你好瘦，吃胖点吧。"他的眼神里有疼惜。

趁递给她袋子的当儿，又伸手捋了捋她的头发。

那发丝细软，像极了婴儿的。他的心也跟着温柔起来，充满莫名的向往。他早知道她是珍宝，这一刻，却发现她比想象中更珍贵。她一连退了好几步，没有接那袋子，紧张地环顾一圈，说："谢谢你，这些东西你自己留着吃。"

"怕我哥误会？"

"你知道就好。"原来他也不是想象中那么不懂事。

"如果我只是想对你好呢？"

"不需要。"

"我只是希望你长胖一点，你知道你有多瘦吗？"

"谢谢，真的不需要。"她一点也不让步。

纪尽言眼神变冷，把两大袋零食哐地扔进垃圾桶，说："那好，这样你满意了吧？"

都是女孩最爱吃的巧克力、牛肉干、果冻和酸奶啊，几个刚好路过的女生瞄了又瞄。在她们眼中，他们一定是一对吵架的小情侣。

他的呼吸，一次汹涌过一次，像潮汐瞬间要把理智吞没。她担心地安抚他，柔声说："你别这样，冷静点。"

尽言真的生气了，扔下一句"你才不冷静呢"，扬长而去。默宁叹气，往回走两步，不禁一愣：籁籁和大甲正趴在树后偷窥。

"你们……"

大甲嗖地跳出来："啧啧，二王一后啊！"

籁籁难掩激动的心情："滕司屿事业心强，是超级潜力股，看上去冷静理智，其实内心细腻，是'害羞的国王'；纪尽言玩世不恭，长得比大部分女生都漂亮，举手投足间，隐隐迸发出一股危险的力量，他是'邪恶的王子'！"

默宁很无语，只得问："那你们觉得，是'害羞的国王'好，还是'邪恶的王子'好？"

大甲和簌簌异口同声——

"当然是王子好！"

"为什么？"

簌簌白了她一眼。

"你那么喜欢滕司屿，如果选国王，你还不杀了我们？"

这世上，真正疼司屿的，恐怕只有叶默宁一个人。

滕司屿推开病房的门，姑姑正坐在床上看相册。护士一见他来，就关切地说："您儿子真孝顺，天天来看您。"

等护士掩上门，司屿把果篮放在床头柜上。

她指着相册上尽言小时候的照片，幸福地说："你看，他小时候多可爱……"

三岁那年的纪尽言，孩子气的轮廓中，已经有了不羁的神色。

套着T恤，脚踩人字拖，不情不愿地站在堂兄滕司屿身边，嘴角一抹"拍什么拍，无聊"的笑。司屿穿白色衬衣，戴深灰色小领结，规规矩矩地站在一旁。

天生阔少和养子，自小便截然不同。

"我生他的时候，难产大出血，后来就不能生孩子了。浑浑噩噩大半生，只得了这么一个儿子。"几天工夫，姑姑由保养甚好的贵妇变成鬓角发白的老妪，哪怕是笑，也嘴角眉梢都是忧，"沐轻菡的事，到底是……"

司屿安抚道："别担心，我会帮他。"

姑姑神色抑郁，喃喃自语："无论如何，尽言不能出事啊，如果他有个什么三长两短，我留在这世上，也没什么意思了……"

闻言，司屿的眉头锁得更紧了。

前几天，方芳做了一份"关于叶默宁和沐轻菡之间的关系"的报告，当时他急着出门，随手收在抽屉里。今天翻出来一看，心情顿时沉到深深谷底。

倒吸一口冷气。

从病房出来已是下午，两点多有一堂公共关系学的课。刚上车，默宁打电话来。

"喂？你在哪？"她的声音听起来很焦躁。

"刚从医院出来，怎么？"

"出了件事。"她说，"我发现……沐轻菡是我的QQ好友……"

最害怕被她发现的真相，犹如不干胶，一点一点地被揭开。

他努力镇定："你怎么知道的？"

"她之前留给我的房子里，还有很多东西。妈妈说那屋子是凶宅，想卖掉算了。我来这边收拾，看到了她的笔记本电脑……"

"所以你打开看了？小姐，那是她的隐私。"

"她把所有的东西都留给我了！你明白吗？"默宁正坐在那间房子里，她不再害怕房子的主人已经去世。冥冥中，这里的每一个角落，都充溢着熟稔的气息，"沐轻菡这么年轻，为什么要立遗嘱，偏偏还把遗产留给我？她根本就是想告诉我一些事情，她没有说，却用这整个房间在告诉我，这里一定有秘密。司屿，我还是觉得沐轻菡跟我，一定有什么潜在的联系。"

他叹气，隔着电话安慰道："别想多了……乖。"

她调出沐轻菡电脑里的一篇日记："她硬盘里有些文字，你看了就明白了。"

"写的什么？"他握紧电话。

"很久之前，我们在QQ上聊得很投机，相约周末出来喝茶。我在那儿等啊等，她始终没有出现，我被放了一只大鸽子。"她的目光快速在文字上扫过，"现在从日记上看来，那天，她其实来了，把车停在马路对面，一直观望我。怎么样，很奇怪吧？"

"有点。"他担心她查到更多，"她人都去了，你也别刨根问底，让她保留秘密吧。"

看死人的日记确实有点怪怪的。

默宁温顺地说好，答应他一会儿就回学校。

"我们好几天没有一起吃晚饭了。"他说。

"是啊，六食堂见？"

"OK。"挂掉电话，司屿原地待了好一会儿。

那张没有什么表情，甚至是冷峻的脸，在人群中既能与之融合，又格格不入。

倘若早一点知道默宁跟沐轻菡的关系，他一定不会插手尽言的事情。可如今，一面是生母的恳求，一面是至爱对真相的追踪……

叶默宁关了机，蓦然见到书桌上的木头相框。

年近三十的女人，身在演艺圈，沐轻菡的眼睛里该有许多故事，叵这张照片里，她目光干净，天真得不符合年龄。当初在QQ上聊天，默宁问她："有男朋友没？"

"没有。"

"那喜欢什么样的男孩子呢？"

"年龄、经济条件都是次要的，关键是他要真心疼我。再优秀再有钱，不爱我，有什么用？"彼时的沐轻菡说。默宁简直不能把QQ上那个单纯得近乎天真的女孩子，跟眼前这个大明星联系在一起。了解沐轻菡的生活到如今，默宁越来越心疼她。她毕生追逐的，就是一份永恒温暖的爱。

可是……

"你有没有得到过呢？"默宁动容，手指轻抚过木制相框，"得到过真心吗？哪怕只有一刻……"

照片里的人笑容甜美温暖，再也不会回答。

从小就是胖子的林簌簌，很担心有一天老了，发现自己这辈子都没有瘦过，那该是一种怎样的遗憾！于是，她天天把"减肥"两个字挂在嘴边。最近，纪尽言天天往她们宿舍里送零食，簌簌在狼

吞虎咽中哀号:"叶默宁,都怪你!"

"怪我什么?"默宁在做英语四级卷子。

"怪你这么受欢迎,自己还不吃!"簌簌心想,胖死算了,又拆开一袋薯片。

再过两天,就是大学英语四级考试。

默宁做完手上那张试卷,对答案估分,过是过了,离"优秀"还有段距离。她托腮,正望着试卷出神,司屿打电话来问:"晚上出来散步吗?"

今晚的学校影院有新片,她当然想去,可是……

"不出来了,我还有好多题目没做完。"

"四级的?"

"是啊,过是没什么问题,就是拿不到'优秀'。"

司屿沉吟良久:"还有多少题?"

"手头这张卷子,还有三道阅读题……"

"那好吧,你安心做题目,我回头再找你。"放下电话,司屿算了算,三道阅读题……再怎么样,五十分钟也能做完吧。寝室里的几个人在打牌,他走到书桌前,翻出从前的四级考试题,认真地研究起来。

大龙过来串寝室,拿起他面前的书。

"还看四级?喂,你不是六级都过了吗?"

"她说达不到优秀,帮她整理些考点。"不出三十分钟,整理出两页考点,从听力到阅读,面面俱到。大龙来找他,本来想告诉司屿,最近纪尽言经常去女生宿舍找默宁。一见司屿这专心的样子,半肚子的话都咽了下去,只怅然地叹气:"唉,就你对媳妇最好。"

可惜不是付出全部真心的人,就能得到幸福。

刚做完一道阅读题的时候,纪尽言短信和电话双管齐下,吵着要叶默宁出来陪。

默宁关掉手机不出五分钟，那小子火速占据女生宿舍楼下的有利地形，一声连一声地喊：

"叶默宁？！

"501寝室的叶默宁！下来啊！

"下来，我有事找你！"

她装作没听见，任他一声声地喊。

簌簌蹿到窗户边，偷偷撩开窗帘一角。纪尽言站在操场边的石凳上。她跑回来，兴奋地拽默宁："喂，你还不下去？让他多买点吃的上来！"

默宁白了她一眼，吐出五个字："活、该、胖、死、你。"

簌簌被"劈"得没话说，不甘心地挨在窗户边。楼下男生的身影，在月光下煞是清秀。同楼的女生纷纷打开窗子偷看。管理员王姨跑来敲门，问："你们寝室是不是有个叫叶默宁的？楼下有人找。"

大甲和簌簌好说歹说，把王姨挡了回去。默宁关掉寝室的日光灯，用毛巾挡住台灯灯光，继续做题。

灯光一灭，果然，楼下的喊声戛然而止。

纪尽言站了片刻，那个灭灯的寝室，没有任何动静，更没有开门下楼的声响。他知道她在。

想躲？

没那么容易。

尽言的嘴角闪过转瞬即逝的笑意，极为邪气。被他盯上的猎物，从来没有逃脱的可能。

楼下沉寂了整整十分钟。

默宁做完最后一道阅读题，忽然，听见一声唤："姐，我是小澈啊。

"姐，你下来。

"你狠心把我一个人留在下面？"

这次，他得逞了。

当叶默宁披一件外套，面色平静地推开宿舍的玻璃门时，他得意地奔过去，拍她的肩："嘿，我就知道这么一喊，你肯定会下来。"

她没有吭声，冷淡地往前走。

"去看电影吧？"

"我要做四级卷子。"

他嬉皮笑脸地跟上："怕什么？我帮你去买答案，你带手机混进去，开考后发给你，保准是'优秀'！"

她始终沉默，他一个人跟在后面走，说笑话、闲扯，夸她好看，都勾不起她的半句话。她当他是个会说话的木偶，冷漠处之，只想静静地走一段路，打发他回去。

纪尽言不是迟钝的傻瓜。

女生宿舍区外，篮球场冷冷清清，他瞥见超市里的灯光，眼珠转了转，揪住默宁的衣摆，撒娇道："想喝饮料，想喝想喝，你给我买嘛。"

多大的人了？还撒娇？！

她对这张跟小澈酷似的面容没有抵抗力，只得耸耸肩，问："要喝什么？"

"可乐！"尽言跑到篮球场边坐下，扬扬手，"我在这儿等你。"那孩子气的模样，像极了小澈，默宁恍惚，独自走到超市。她不喜欢他以小澈为由逼她下楼，却没有办法对一个长得这么像弟弟的人生气。

听力题，选择题，阅读题……

各项考点合在一起，写了满满三页纸。司屿看看时间，估计默宁的试卷该做完了，于是拿着这三张纸出门，刚走到篮球场附近，只见默宁就在前方十米远的地方，手里拿着一罐可乐，朝篮球场走去。

她不爱喝碳酸饮料，也不打篮球，这么晚不回寝室，去篮球场做什么？

司屿跟在她身后。

【二】如果过往恋爱都是逢场作戏，那这一句，是真心。

越美丽的东西，越不可碰。

越不可碰的东西，越容易失去。

越容易失去的东西，越是害怕失去。

预感被证实，他身体僵直，眼睁睁地看着她走向球场边的某个男生，她低下头，对他说了什么。距离太远，他们身处光线微弱的球场，司屿看不清楚情敌的脸，却见他伸手帮默宁拂去垂下的发丝。

然后……吻了她。

叶默宁被这个突如其来的吻吓一跳，往后退几步，厌恶地使劲擦嘴唇。尽言意犹未尽，托腮凝望她，似笑非笑。

"我越来越喜欢你了，生气的样子都这么好看。"

"你！真无聊！"

她死命擦被吻到的嘴唇，忍住火气冷冷地说："我回去做试卷。"

尽言拦住她，撒娇道："别这样啦，再陪陪我嘛。"

大少爷都这样，未来的路早有父辈铺平，哪里在乎一纸英语四级证书？手机上，司屿发来短信问："在忙什么呢？"

她忒紧张，按键的时候手指都在轻抖。

"在做试卷。：）"

尽言把一切看在眼里。

"我哥发的？呵呵，你背着他跟我约会，怕不怕他知道？"

她鼻梁直挺，眉目周正，生气时，哪怕是不说话，也会多出几分凛然。尽言讨了个没趣，讪讪地说："好啦，你别摆个法海的脸看我，老子又不是白素贞。"

默宁甩开他的手，回到寝室，簌簌说刚才滕司屿来电话了。

她赶紧问："那你说什么了？"

"说你去后街买夜宵了。"簌簌得意地嘿嘿笑，"怎么样？我聪明吧，没透露你跟姓纪的约会……"话没说完，王姨在外面敲寝室门。

"501？501的叶默宁在吗？"

王姨塞给她一份手抄，说这是刚刚有个叫滕司屿的男孩子，在门口托她帮忙转交的。

满满三页纸，字字句句，都是他的心血。

"那他人呢？"

王姨说："刚走的。"

"就刚才？"

"对。"王姨八卦地说，"还是你们年轻姑娘好啊，这么好的小伙子，眼巴巴地站在宿舍楼下等，都不敢上来。"

大甲上完自习回来，放下拎包，扯开嗓门说："默宁啊，你猜我刚才碰见谁了？那个滕……"

嘘。

簌簌使劲冲她使眼色。

大甲没回过神，摸摸脑袋。

"你们都怎么了？默宁，你跟他吵架了？难怪刚才滕司屿一副失魂落魄的样子……"

默宁咬咬嘴唇，抬手看表。离寝室熄灯还有四十分钟，还来得及。她抓起手机下楼，没有留意到，自出宿舍门的那一刻起，某个身影始终跟着她。直到确定她是往男生宿舍的方向去，那人才无声无息地跟上，在行人稀少的林荫道，轻拍她的肩膀。

默宁吓得不轻，回头见是尽言，更加窝火。不想理他，加快步子往前走。

"去找他？"

纪尽言的眼睛，在暗夜像极了兽类的眼睛。

她恨他毫无章法的行踪，更恨他旁若无人从不考虑他人感受的行径。夜太黑，他的脸庞融入夜色，失去了阻断她理智的侵害力。

他诡异地笑，说："刚才他看到我亲你，一定很伤心。"

原来那时候，司屿就来了。默宁只觉得心疼。倘若她见到司屿亲吻别的女孩子，肯定会伤心，将心比心，她可以想象到司屿当时有多难受。

前方就是男生宿舍，她悲悯地想，司屿有没有回寝室？

那几栋灯光耀目的宿舍楼里，到底有哪一盏灯，是为他而亮？

林荫小路上没有别人了，尽言眼见叶默宁的神色焦急，禁不住跟上去扳住她的肩膀，故技重施："姐，我不许你走。"

这次，她不吃这一套。

"纪尽言，你以为，你真是我弟弟？"

他的手垂下来。

像一只做错了事的金毛大狗，失落地叹气："是啊，我的确不是……你不会真的在乎我……"

她放柔语气："拿去世的人来开玩笑，不觉得过分吗？"

"只有用这个办法，你才肯答理我。"

"凡事都有规则。"她说，"不是你喜欢谁，谁就一定要属于你。"

尽言的神色在月光下，寂寞无比。

"难道，眼睁睁看着自己喜欢的女孩子往别人怀里去，连争取都不敢，这就是规则？！"他愤愤地扳住她的肩膀，"眼里看不到他的时候，可不可以也看看我？"

他的眼神发烫，她不敢直视。

如果过往恋爱都是逢场作戏，那这一句，是真心。

真真切切地，交出了心。

两天后，英语四级考试的结束铃声响过。

所有考生离座，两位监考官开始收试卷。簌簌和大甲正在对答案，只见默宁脸色煞白地从教室出来。

脚步沉重，有气无力。

"喂，怎么'烤'成这样？"簌簌递给她矿泉水，"来，喝点，喝点。"

簌簌哗啦啦抖着那沓滕司屿给的资料。

"啧啧，还好我看了这几页宝典，宝典啊！百分之九十的考点都在上面！"她回想起当年在高中时，学弟学妹都称他为"考神"，羡慕地说，"你男朋友到底是不是人啊？"

老徐从旁边经过，听到这句，偏过头看她们。簌簌得意地加上一句："滕司屿，简直厉害得不像人！"说完，瞥一眼默宁。

她完全不在状态。

怔怔地，不知在想什么。

尽言找人买了四级答案，开考十五分钟后，就把答案发到默宁手机上。他在教学楼下等，见到她们寝室的几个人，迎上来得意地问："怎么样？抄到了没？"

簌簌哼一声，抢先答道："我们哪用得着抄？滕司屿压的考点，全中！"

他霎时沉下脸，撇下簌簌和大甲，踱到默宁身边问："你没看我发的答案？"

"不需要，你自己抄就是了。"

尽言冷笑道："我早过了六级。"

她吃惊不小："你这么厉害？"

"厉害有什么用？"他无奈道，"你又不喜欢我。"

默宁苦笑。

两天了，司屿都没有跟她联系。

发短信不回，电话打不通，寝室的人说他没有回去。

到底去哪儿了呢？

她心急如焚，明白了一点当初司屿联络不到她时的心情。

客厅的阳光很好。

女人禁不住阳光的洗礼，太明亮，便让皱纹无处可藏。姑姑出院时，端着镜子自怜道："老了，老了。"

司屿扶她上车，刚回家，门锁响动，尽言也回来了。

"妈，出院了？"他很惊讶，再看看滕司屿，忽然明白默宁为什么魂不守舍。他咬咬嘴唇，勉强地喊出一声，"哥。"

"妈，你怎么不让我去接你？干吗麻烦别人。"

"司屿哪里是别人？你今天不是要考试吗？"姑姑抚摩儿子的脸庞，两天不见，唯恐他瘦了半分。

"我六级都过了，哪里要考？"尽言故意当着司屿的面撒娇，"是我喜欢的女孩子今天考试。"

司屿那张理智得像被千年寒冰冻住的脸，突然松动。

他在意，他果然很在意！

得胜的窃喜，悄然涌上尽言心头。

听说儿子有中意的对象，姑姑面露喜色，忙问："谁家的闺女？"

"司屿哥也认识，叫叶默宁。"

"是吗？司屿啊，这女孩子是你们学校的？"姑姑问。滕司屿的脸色更难看了，又不想当面发作，只闷闷地"嗯"了一声。

姑姑没注意，继续问："那女孩人品怎么样，你了解吗？"

家佣递上果盘。

尽言歪坐在旁边吃西瓜，添油加醋地说："妈，他当然认识，他跟叶默宁可熟啦。"

"是吗？司屿，下次你和那孩子来我们家吃饭，我也见一见她。"

司屿真沉不住气了，沙哑着嗓子说："不用了。"

"为什么？"

"叶默宁是我女朋友。"

姑姑的笑容顷刻间僵在脸上，半天都收不回。

再见薄雪草少年

"咯，这样啊……"她讪笑，拍拍儿子的肩膀，"哎呀，尽言，你就是不懂事！这样的玩笑也能乱开？呵呵。"又咬了一块西瓜。纪尽言得意地注视着对面的滕司屿。司屿礼貌地抿嘴笑笑，坐在沙发上，十指尴尬地交握着。

两人都在笑。

一个不羁，一个隐忍。

情绪中隐秘的某处已经达到燃点，再划一根小小的火柴，就会蹿起漫天大火。

趁司屿去上洗手间，姑姑低声嗔怪儿子不懂事，堂哥的女朋友也能拿来开玩笑。她不傻，儿子是真喜欢还是逢场作戏，她一眼便能看出来，可是——

"司屿不比别人，你就这么一个哥哥。什么女孩子这么好，能好过哥哥？"

"你偏袒他！"尽言撒娇道，"到底我是你儿子，还是他是你儿子？"

无论儿子有多大年纪，亲娘都对儿子的撒娇毫无抵抗力。像他儿时那样，她把他的头揽在怀里，抚摩他的头发，柔声安慰道：

"这种小事情，你让让没关系。你爸的家业那么大，将来能帮你的就这么一个哥哥。"

他不屑地嗤笑道："又不是亲哥哥。"

姑姑小声说："我的笨儿子……多一个亲人，总比多一个敌人强，我可不希望有生之年看到你们兄弟俩闹大矛盾，让你一个人孤零零的。"

"哦……"尽言似乎想明白了，"妈，我给你捶背，你最疼的是不是我呀？"

"是，当然是。"她有子万事足，病痛好了一半。她丝毫没有留意到儿子嘴角得意的笑。他边帮妈妈捶背，边用余光望向洗手间。

那个刚从洗手间出来，踱步到墙后的人，应该全听到了。

一想到滕司屿有多不爽，尽言就开心。他要让司屿知道，在这个家里，最爱父母的是他，父母最爱的，自然也是他。而滕司屿只是个外人。

他再怎么热切，再怎么能干，再怎么懂事，也不过是个外人。

果然，过了一会儿，司屿回到客厅时，脸色铁青。

尽言正得意，纪少钧回来了，一见儿子，就压低声音威严地说："你跟我到书房来。"尽言忐忑不安地进去，父亲捡起早先他递来的建议书。

"你写的这个，我看了。"

难得他这么心平气和地跟自己说话，尽言暗暗欣喜。

"看得出用了心思。"纪少钧说，"但还是一塌糊涂！我要你看的那几本书，你到底有没有看到脑子里去？你看看司屿，我都没怎么教，他想问题就比你成熟得多！"纪少钧老来得子，看这个儿子看得重，遇着不如意的时候，骂也骂得重。

这番痛骂，真是兜头一瓢冷水，浇得尽言又急又怒，攥紧拳头伫立在原地，不敢顶嘴。

纪少钧筋疲力尽，坐到沙发椅上揉太阳穴。

"唉，我就你这么个儿子，你到底要到什么时候，才能让我省省心？今天有人告诉我，你在学校里买考试答案，用来追女孩子？"

尽言瞪大眼睛。

这是谁告的密？

见儿子这副模样，纪少钧知道这事是真的了。自小打得多，骂得更多，他对儿子一直是寄予希望又不断失望，只能摇摇头道："这事情，我也不多说你了。说多了，怕你那个什么病又发了。"

"爸！我没病！"

不理会他的抗议，纪少钧挥挥手道："去吧。你出去吧，我想看下文件。"

"爸！谁告诉你我买答案？"

"重要吗？"纪少钧反问。

"当然！"尽言很认真，"这决定了，你是相信别人，还是相信自己的儿子。"

纪少钧长叹。

"尽言，爸爸当然爱你……但我只希望，你能更懂事一些，像司屿一样，别再让我失望。好了，你出去吧，我要看报告了。"那种慈爱又不信任的眼神，看得尽言心里好绝望。

【三】三个人的感情，像是被台风卷入风眼的枯叶，不停地坠落，缠绵至死，不得解脱。

他合上门，司屿正在跟姑姑告辞。

"姑姑，学校还有事，我先过去了。"

"好的好的，你忙。"姑姑送他到门口。尽言几步跟过去，换了鞋："哥，我跟你一块走，我也要回学校去。"

一出家门，没到电梯口，纪尽言见四周没人，反手勒住司屿的脖子，把他往消防通道里拖，边拖边说："你TM浑蛋！为什么要跟我爸告密？！"

司屿的力气比他大，很快挣脱，整整衣领。

"谁告密了？"

尽言冷笑道："别装了，肯定是你跟我爸说了我买答案的事情。嫉妒我对默宁好？呵呵。我就对她好怎么了？还有，我警告你，别老在我爸面前献殷勤，好歹，我才是他儿子！最爱他的人是我！要是你对我爸不好，或是有什么别的想法，别怪我翻脸不认人！"说完，兜头一拳砸来，司屿接住。

他坚持健身，力气大出尽言太多。尽言的拳头被攥住，怎么都动弹不得。

"喂！你干吗？"

司屿长长地叹气。

"除了默宁，我不想跟你争任何东西。沾到你的人，都会有麻烦。沐轻菡不就是最好的例子吗？"司屿说，"但如果你碰默宁，我绝对不会让半步。"

"是吗？"尽言冷笑。

诡异的邪气，又在他眼里点燃。

窄小的消防通道里，兄弟俩怒目而视，僵持着。本是同根生，相煎何太急。他们不应该相争，司屿也不愿相争，可命运不断煽风点火。他不断地往后退，往后退。

——直到无路可退。再退，便会失去至为珍贵的东西。

半个月后，另一个隐藏已久的暗雷被引爆。某娱乐网站爆出沐轻菡与叶默宁的关系。早晨起床，准备去上自习的默宁，被"沐轻菡少年生育，遗产继承人实为私生女"的新闻雷得内外全焦。

她把那则短短的新闻读了又读。

原来，沐轻菡改过年龄，她今年三十八岁，对外宣称二十八岁，改小了十岁。爆料还说，遗产继承人叶默宁，就是沐轻菡的私生女。

沐轻菡在世的最后几年，人气大不如前，鲜少登上头条。这则爆料一登出，便占据门户网站显著位置，评论者如云，那些人满嘴都是："女明星一个比一个脏，谁知道姓沐的被多少人上过？"

更有人说："说不定就是×××的种！娘死了，女儿接过娘的衣钵继续干活！继续卖！哈哈。"这条评论，支持人数达到"1018"人。

她立刻关掉浏览器，用手掌捂住脸，躺在寝室的床上，半晌缓不过神来。

一个人死了，没有人同情，风凉话却层出不穷。
在最热闹的环境下，最易窥见世间的凉薄。

中午，簌簌从食堂帮默宁带了饭，土豆烧肉，芹菜炒香干，她挑了几筷子，咽不下。大甲趴在窗户边偷望，宿舍门口还有几个不死心的记者没有走，胆大的大甲都哀叹："这谁来救你啊……"

救星立刻就到。

司屿打电话来，说十分钟后来接默宁。

也不知他用了什么办法，她小心翼翼地走到宿舍门口时，外面的记者已经全无踪影。司屿摇下车窗，冲她挥挥手。

"这边，这边！"

上次在篮球场因为尽言导致的误会，默宁虽然解释过，但老怕他心有芥蒂。如今见到他还跟以前一样，她便宽了心，奔过去上车。簌簌和大甲在楼上瞧到这一幕，默契地相视一笑。

滕司屿和默宁这对冤家，早就不仅是恋人，而已胜似亲人了。

"默宁。"

上车后，后座有人轻轻唤她一声。

她转头。

嗬，竟然是任锦依。

司屿发动汽车："走，去你家。"

爸爸和妈妈早就打扫好卫生，沏好茶水。默宁换完鞋坐到沙发上，爸妈就在她正对面。她看到了他们眼里的焦灼和窘迫，更看到他们的白发。懂事其实就在一瞬间。是你瞥见爸爸鬓角的白发，却不像小时候那样大大咧咧地揪出来，说"爸，你有白头发喽"，而是默默在心里疼惜的那一瞬间。

在这个家住了二十年，她第一次以客人的身份坐在这儿。

妈妈欲言又止。想看她，又别过脸，故意跟司屿客套："喝茶，喝茶。"

顾不上喝茶，锦依殷切地问她："你都知道了？"

默宁望了一眼妈妈。

妈妈对她点点头，用哀戚的神色默认了，这个女儿，其实从不是她的。

爸爸翻出上一次梁先生留下的支票，推到默宁的面前："沐轻菌是你的亲生妈妈，梁辰儒是你爸爸。默宁……你不是我们亲生的。"

支票上的数目足够她用半辈子。

她没有头绪，脑海一片空白。

"事情发生得这么突然，默宁还小，一时可能接受不了。"锦依对老两口说。

妈妈垂下头，眼中泪光似有若无。

"你们认识？"默宁看着任锦依和父母。

原来每个人都知道真相，就她一人蒙在鼓里。

真是泄气。

司屿坐过来，摆摆手避嫌：

"我之前可不知道。"

"出生证明、领养证书，都在这儿……"从前，爸爸将这些东西藏在家里最隐蔽的角落，生怕被两个孩子翻出来。可终究有这一天，要把事情袒露于她面前。

明明养育她多年，恩重情深，此刻，老两口却像犯了错，一个垂头，一个怅然。

陈年的证书边角卷起，泛黄，她小心地翻来看。

一页，再一页。

二十年的岁月如流水，从指间哗啦而过。

锦依怕她对生母抱恨，连连解释说，沐轻菌和梁先生是交易婚姻，没有正式登记。当年，沐轻菌为了替家里还债，答应给梁先生生个儿子，谁知生下的是女儿。梁先生不肯接女儿入籍，只给了轻菌一笔钱还债。

"那时她就十六七岁，比你都小，遇到这事六神无主，又没结婚，你让她怎么去当好一个妈妈？"锦依叹气，"带着孩子，就没办法赚钱，没钱，又养不起孩子。实在是没办法，只能把你送个好人家。"